AF450268

Primera Antología

DE

Escritoras Mexicanas

Primera Antología de Escritoras Mexicanas
© Cada autora antologada conserva sus derechos patrimoniales. El criterio de organización de los cuentos fue por orden alfabético respecto del primer apellido de las autoras. El estilo literario y lingüístico es responsabilidad de cada escritora.

Primera edición, 2018.
Ediciones El nido del fénix.
Calle Florencia, Manzana 7, Lote 2, Casa 6. Fracc. La Toscana, Cuautitlán, Estado de México. México.
horaciosaavecas@gmail.com

ISBN: 978-607-97921-9-0

Diseño gráfico editorial: Cecilia Gorostieta Monjaraz y Horacio Gabriel Saavedra Castillo.

Diseño de la portada: Paola Zorrilla Drago y Horacio Gabriel Saavedra Castillo.

Créditos de las fotografías:
"Fuensanta Cué Ochoa", Diego Guadarrama Garza.
"Elsa D'Solórzano", Norma Vargas Macosay.
"Ana Edith Sánchez S.", Nazim Avendaño Ramos.

El proyecto cultural
Escritoras Mexicanas
agradece de manera especial
*al Jurado del **I Concurso***
Nacional de Cuento
"EscritorasMx":

- *Cristina Rascón*
- *Rosina Conde*
- *Teresa Dey*
- *Verónica Flores*

La luz del faro

Mónica Lavín

Ellas son la voz. La voz retenida que aún necesita decir aquí estoy. Ser visible. Pasó lo mismo con un grupo de grafiteras que decidieron participar en una exposición exclusivamente de ellas. No por exclusión, sino por hacer notar su presencia. Porque de los grafiteros que empezaron tomando las calles por asalto e hicieron de ello un arte sabemos mucho, ¿pero de ellas? Lo he dicho antes: me llama la atención que en la quinta parte del siglo XXI las escritoras aún necesitemos hacernos visibles a través de un vehículo de cohesión y de invitación pública como es el libro. Este libro es consecuencia del propósito mismo de *Escritoras Mexicanas*. Me gusta la tarea de esta asociación tan activa en redes que difunde, propone, enlaza el quehacer literario de las mujeres escritoras para rendir tributo y reconocer a las abuelas, madres e hijas literarias. Por eso, haber lanzado un concurso de cuento es aventar la luz del faro para ver quién está allí. La respuesta ha sido sorprendente. De aquí de allá, de este y otro tema, las mujeres armadas con su pluma e inquietud participaron numerosas en el género narrativo que más claramente evidencia capacidades literarias y variaciones de la mirada: el cuento. Veloz como conejo, incisivo como gusano barrenador, el cuento es todo menos inocente. Cala, indaga, revela. Y aquí tenemos veinticinco cuentos elegidos como los mejor logrados para establecer un diálogo con los lectores.

Ya lo señalaba la escritora española Carmen Martín Gaite en su lúcido ensayo sobre mujeres y escritura, *Desde la ventana*, muy tarde aparecimos en la luz pública. Muy tarde pudimos hacer algo más que mirar desde la ventana, lo nuestro no era el campo de batalla ni la brega en el comercio, el negocio, todo era puertas adentro. La literatura tomó la calle cuando las mujeres pudimos votar. En México es muy clara esa ecuación: Inés Arredondo, Amparo Dávila, Guadalupe Dueñas, Elena Garro, Rosario Castellanos publicaron en la década de los cincuenta. Claro que nada puede ya amordazar la voz que busca ser completada en la ecuación con la complicidad lectora, nadie puede cinchar el trote ni acinturar la carne volcada. ¿Qué están escribiendo las escritoras que aún no han dado el salto al reducido espacio de las becas, los apoyos, las publicaciones? Aquí está la oportunidad de asomarse al interés y a las voluntades creativas, a quienes han escogido al cuento como horma de su ansia narrativa. Tan pronto eligen el punto de vista de mujeres que son madres y no lo quieren ser, que son solas aun en familia, que reconocen la oscuridad y la quieren sortear, como hombres que quieren saltar la circunstancia que los asfixia, el matrimonio mismo, la falta de horizonte e imaginación. Las historias ocurren en el desierto, la casa, el supermercado, la calle, el consultorio. Espacios cotidianos para historias realistas.

Eudora Welty, escritora notable del sur de Estados Unidos, refiere a la voz interna que escucha cuando escribe, porque es verdad, esa voz está en el proceso íntimo que traduce palabras en un orden para contar una historia con una fuerza estética y con una sed de permanencia. Pero una voz es manifestación que rompe el silencio. Es proceso y resultado. Es lo que una vez escrito habla por sí solo. Y aquí los cuentos evidencian estilos, preocupaciones y miradas individuales que en conjunto producen un asombro polifónico. Como todo libro es una apuesta editorial, una estela burbujeante que sólo el tiempo habrá de aquilatar en su justa dimensión. ¿Quiénes siguieron en este nadar a brazo partido que es la escritura? ¿Cómo siguieron? Ellas son quienes escriben más allá de las que ahora conforman el canon visible. Y este libro es ya documento y apuesta. Retrato.

Subrayo una frase acertadísima del cuento "Un cuarto lleno de películas": "¿Cómo le digo que cuando un papá o una mamá llora es como si tú fueras una casa o un cuarto y te apagaran la luz?" Me parece que muchos de los cuentos que el libro ofrece comparten la oscuridad y la necesidad de la luz. Y que la intención última, al fin y al cabo, de esta reunión de cuentos es encender la luz, mirar la casa, escucharlas, desatar la conversación y permitir la reflexión. Es hora de leer y celebrar que haya un espacio extendido para las voces de escritoras nacientes.

Sofía Alvarado Cortés

Diana Campos

Fuensanta Cué Ochoa

Julia Cuéllar

María Elena Espinosa

Diana Ferreyra

Alejandra Franco

Itzel Guevara del Angel

Aída López

Marcela López

Rosario Martínez

Beatriz Márquez Gutiérrez

Fabiola Morales Gasca

Estefanía Parra

Karina Posadas Torrijos

Jessica Robles Calderón

Catalina Romero

Ana Edith Sánchez Sánchez

Angélica Sánchez

Claudia I. Solórzano

Elsa D. Solórzano

Paola Tena

Perla Urbano Santos

Alaíde Ventura

Gisela Woolrich

Sofía Alvarado Cortés

Sofía Alvarado Cortés es una escritora y cinéfila incurable que nació en el norte por el año de 1986. Estudió una carrera sobre español y literatura en la Universidad Michoacana. Ha iniciado y sostenido colectivos culturales de cine, literatura y artes. En la actualidad se dedica a una de las tareas más heroicas del país: impartir clases a preparatorianos; además, es tallerista de escritura creativa. Aunque podría vivir casi en cualquier parte, actualmente escribe y radica en Zihuatanejo.

La casa

La mujer llegó muy temprano, aún estaba oscuro. Le dio una y otra vuelta a la casa. Miró por las ventanas que daban al patio trasero, sólo se veían sombras, al parecer los muebles seguían en su sitio. Hizo una analogía de sus recuerdos: así como los muebles, soy la sombra de mi memoria, pensó, y rió hacia adentro por su repentina cursilería.

Había viajado tres días para llegar a su antigua casa de la infancia. Era más pequeña de lo que recordaba, aun desde afuera. Lo enorme que se ve todo desde abajo, cuando no existes, como una niña, pensó. Miró el lado derecho de la casa, que colindaba con la de los vecinos, recordó la vez que los niños de al lado le tiraron piedras y bolas de lodo desde arriba. Se sorprendió, ya había olvidado el costo de encajar, de ser parte de grupos. Tal vez sólo, en su vida, había tenido dos amigos, tenía suerte de estar casada, y aun ahí se sentía una extranjera, foránea de su propia casa.

Era una mujer que no volvía al pasado porque le parecía inútil la eternidad de la memoria, tal vez porque sus recuerdos eran la reiteración de lo que nunca quiso ser, el recordatorio constante de sí misma en un lugar, único lugar al que pertenecía, y del que quería estar fuera. Por eso huyó, se fue lo más lejos que pudo, huyendo de sí misma, y ahora estaba aquí, otra vez. Lo abandonado se abre paso siempre para encontrarlo a uno, pensó.

Desde el frente de la casa, los recuerdos se volvían escenas de una película muy antigua, tramada por un hombre retorcido al que le decía padre. Habían pasado muchos años.

Llegó su hermano, la saludó como se saluda a alguien que no conoces, ni un abrazo, sólo una mueca que pudo haber sido una sonrisa. Vamos a entrar y terminar esto de una vez, dijo.

Como había adivinado desde afuera, los muebles tenían el mismo orden que recordaba. Eran muebles antiguos y polvosos. Confirmaba también desde adentro, la pequeñez de la casa. Recorrieron la planta baja, sin prisa, como si al entrar se hubiera detenido el apuro de dejar el pasado lejos de lo que eran ahora. Mientras su hermano andaba la parte de abajo, la mujer subió. Sorprendida de esta exploración del pasado que ahora le atraía, como una obsesión, fue revisando cada cuarto. Todo estaba igual que la vez que escaparon, cada objeto ocupaba el lugar de hace veinte años.

Entró a la última habitación, y en el centro, en el mismo sillón, estaban los restos de lo que había sido su padre. Incluso en ese estado, recordaba el gesto de perversión que le había quedado después de la vejez y la muerte. La mujer sonrió, aliviada.

Diana Campos

Ciudad de México. Zurda. Obsesiva. Ciclotímica. Todavía quiero ser arqueóloga y geóloga. Alguna vez en la Universidad me trastorné con la Teoría Literaria; por fortuna, cuando salí la olvidé.

Fidelidad

Lucía me habla de todas las variaciones de azul de los mares: azul añil, azul celeste, azul turquesa. Me dice que también puede ser verde y que esto depende de cuánta clorofila haya; a mayor clorofila el agua se verá verde, a menor clorofila el agua será azul.

Hay un cierto extravío en su mirada, en sus manos que dicen más de lo que ella expresa. A veces, tengo la sensación de que hablo con sus ojos porque parece que me miran hasta el fondo y escucho una minúscula vocecita. Lucía corre por la playa que me describe. Quiere ir al mar a esparcir las cenizas de Leandro. Me cuenta que el verano pasado, cuando fueron a Playa Celeste, rescataron a una vaquita marina. A la mañana siguiente, descubrieron cientos de caracoles y estrellas de mar muertas. Nadie sabe por qué ocurrió; sólo saben que la noche anterior el cielo estaba rojo, el mar picado y pronto comenzaron a llegar oleadas de caracoles, de estrellas.

Mientras platicamos y desayunamos, Lucía coloca sobre la mesa la urna de Leandro. No permite que nadie la toque. La lleva a todas partes. Si tiene que ir al baño, se la lleva, como ahora. Es todo lo que tiene de él. Después de aquel verano en la playa. Después del accidente.

Regresa, me dice que ya no tiene hambre, quiere que vayamos al río a esparcir las cenizas. Me habla de salmones y su larga carrera; desde el mar hasta su río materno para desovar. De cómo alguna vez soñó que era un salmón. Emocionada y eufórica, me dice:

—Quiero ir a un volcán a esparcir las cenizas. Quiero hacer figuras y accesorios de obsidiana: pulseras, aretes, collares. Si quisiéramos, podríamos convertirnos en rocas volcánicas, piroclásticas, rocas ígneas intrusivas, rocas ígneas extrusivas. Sedimentarnos. Rocas de verdad. Rocas madre.

Mientras me habla, noto polvo en su cabello. De nuevo la mirada extraviada y sucesivos cambios en el color de su voz. Su mirada me hace girar. Abraza la urna y vuelve a ir al baño. Esta vez le tomo el tiempo: cinco, diez, quince minutos. Decido ir a buscarla. La encuentro sentada en el piso, a un lado de la regadera, con la urna abierta entre las manos: la lengua y los dientes tapizados de ceniza.

—Leandro sabe muy bien. Tiene un sabor a hierbas, a brasas, jamás me supo tan rico.

Me quedo pasmada al verla. Apenas me acerco al lavabo, vomito. En cuanto termino me lavo la cara, me enjuago la boca. Me siento frente a Lucía, tomo sus manos. Intento tranquilizarme. Todo mi cuerpo tiembla. Siento un ligero mareo. No quiero ver así a Lucía. Somos amigas desde la primaria, pero no puedo irme, no puedo dejarla así.

—Lo amé como a nadie en el mundo. Hubiera dado mi vida por él. Todo lo que siempre quise de un hombre. Todo lo que siempre soñé. No le gustaba que saliera con otros chicos porque me quería para él, para quererlo siempre. Pronto entendí eso y lo respeté. Dos años viviendo juntos fueron suficientes para saber que quería estar con él toda mi vida. Yo también lo quería sólo para mí y para siempre. Fue un pacto de sangre. Íbamos a casarnos. Nos iríamos a vivir cerca del mar porque era el mejor lugar para pasar el resto de nuestras vidas. Y aunque él ya no está físicamente, estará conmigo para siempre. Cada que entra en mí, me ilumina, me siento renovada. Galaxias enteras entran a mi cuerpo. Polvo de estrellas dentro de mí. Polvo de hace millones de años renovándose. Polvo del primer hombre, de la primera mujer. No puedes verlo ni sentirlo, pero hay cientos de minúsculos recuerdos flotando por toda la casa. Recuerdos que alguna vez habitaron su memoria. Mi memoria. Ahora puedo sentir un cálido viento. Pronto estaremos juntos en un mar de polvo azul.

Abrazo a Lucía. Cada minuto que pasa se vuelve lejana. Apenas puedo levantarla. Tengo la impresión de cargar un montón de huesos. Su voz se vuelve un murmullo de polvo. En cuanto entramos a su recámara, le ayudo a acostarse, le quito las sandalias. Me siento a su lado. Acaricio su rostro. Lucía ya sólo es una llamarada de arena en el cuenco de mis manos.

La llevo al mar. Tal como ella lo hubiera querido. Lucía, mitad agua, mitad ceniza en el fondo del océano.

Fuensanta Cué Ochoa

Cuernavaca, 1992. Estudié Lengua y Literaturas hispánicas en la UNAM. El bosque de Morelos me dio la posibilidad de crear historias, imaginar, escribir y apapacharme en el ocoxal para leer lo inesperado. Hoy tengo el gusto de llamarme más que lectora y "escribidora": hoy me sé cuentista, cuentera, cronista, poeta tímida, editora, editada, libre y feliz. Estoy enamorada de mi profesión y lo que representa: sus productos, sus peripecias, su importante trabajo. Mi vocación está en las letras; mi sueño es darles vida.

Xipe Tótec

Las mal iluminadas instalaciones del Servicio Médico Forense hervían de gente. Los cuerpos empezaron a llegar, envueltos la mayoría en sábanas ensangrentadas y empanizadas de tierra, alrededor de las 4:30 de la mañana. Entre los oficiales y el personal forense sólo se hablaba de la balacera, de más de una veintena de muertos –entre policías, sicarios y civiles– e incontables heridos. Pero, sobre todo, se hablaba de la aparatosa muerte del narco.

Nosotros, estudiantes novatos de Medicina, no esperábamos esa inquieta bienvenida a nuestra práctica de anatomía por la mañana. El Dr. Sodi, nuestro profesor, y el médico forense en turno, entraron despeinados y lagañosos al recinto. Sodi se disculpó por no avisar a tiempo que la práctica se cancelaría: había estado muy ocupado recibiendo los cuerpos y haciendo peritajes; pero, como ya estábamos ahí, nos ordenó entrar al anfiteatro; después de todo, la práctica sí se llevaría a cabo y consistiría en la observación de una verdadera autopsia forense. A pesar del ambiente de incertidumbre y la agitación en la plática de los legistas y policías, varios de nosotros estábamos anestesiados aún por la desvelada de la noche anterior y hacíamos un esfuerzo gigantesco por salir del trance con una taza de café mal preparado.

La noticia de la autopsia aceleró el trabajo de la cafeína en nuestros cuerpos y emocionó al grupo; a mí, por el contrario, me pareció horrorosa, pues tenía poco más de un año que detestaba estudiar Medicina y no sabía cómo enfrentar la vergüenza pública de caminar por los pasillos de la facultad y entregar mi bata blanca en el laboratorio, invitando a todos a ver una representación más del espectáculo de la deserción. Así que buscaba consuelo en libros ajenos a la carrera y pasaba mis noches leyendo novelas y poesía y fantaseando con escribir cuentos. La noche anterior a la práctica me había desvelado leyendo fragmentos de la *Historia General de las cosas de la Nueva España* y la *Visión de los vencidos*, en vez de estudiar mis notas de disección anatómica. Mientras Sodi daba instrucciones para la autopsia, pensé que si éste fuera un examen oral de poesía, lo aprobaría sin problemas. El lenguaje lleno de tecnicismos forenses del profesor se combinaba en mi cabeza con algunos versos que había leído la noche anterior:

"Gusanos pululan por calles y plazas
y en las paredes están salpicados los sesos.
Rojas están las aguas, están como teñidas
y cuando las bebimos
es como si bebiéramos agua de salitre".

Dos médicos legistas empujaron una camilla al anfiteatro, donde yacía el cuerpo del occiso, y la pusieron a un costado de la mesa de disección. El cadáver sobre la camilla era impresionante: un hombre alto y obeso cuya enorme barriga, atrozmente perforada por las balas, se desbordaba de la mesa que lo transportaba. Los brazos le colgaban también y sus gordos pies salían de la camilla. Los forenses que recibieron el cuerpo ya lo habían desvestido y preparado para la autopsia; incluso habían hecho los hisopados. Observé el cuerpo con cuidado: sobre el bíceps derecho empezaba una serie de tatuajes de dioses prehispánicos que llegaban hasta el dorso de la mano; los pezones del hombre estaban adornados con argollas plateadas que, a pesar de ser grandes, se veían diminutas en su tórax de buey. En su muslo izquierdo sobresalía una tinta de verdosos colores: era la representación de Juan Diego mostrando a la Virgen de Guadalupe en su ayate; en el vientre de la Morenita había un limpio agujero de bala. Las piernas imberbes del muerto mostraban varios hematomas y una herida lacerante en la rodilla derecha; de los genitales del hombre poco veía, estaban parcialmente cubiertos por la piel colgante de su vientre; sin embargo, noté que el chico que estaba de frente a las piernas, con una mueca de horror y asco, señalaba a un compañero los testículos.

Nunca habíamos visto un cadáver fresco. Como estudiantes, estábamos acostumbrados a los cuerpos ya diseccionados y casi disueltos por el formol que se guardaban para uso académico. Esos cuerpos de práctica habían pasado tanto tiempo dentro del químico que uno no sabía ni siquiera cuál era el color real del tegumento, los órganos y los huesos, por lo que ver el cadáver –tibio aún– de este robusto hombre, despertó nuestro interés y, al mismo tiempo, desbloqueó sensaciones que no conocíamos.

El Dr. Sodi nos explicó que el cuerpo había sido extraído de una casa después de la persecución y que el Cártel del Sur se había encargado del asesinato. Ese dato era redundante para nosotros. Había un detalle en el cuerpo del muerto que confirmaba quiénes fueron los autores del crimen: la cabeza del hombre estaba envuelta en una sábana gris y descansaba entre sus rodillas. Sin preámbulos, Sodi pidió al grupo un voluntario para levantar la cabeza y ponerla en la mesa de disección. No sé por qué nos pidió hacer eso ni por qué yo levanté la mano, pero me encontré de pronto junto a él, alzando un poco los brazos y preparándome para el levantamiento. A la orden del forense, tomé la cabeza.

El cráneo hizo un ruido sordo en el piso de loza. La había sostenido apenas cinco segundos en el aire, cuando cayó a mis pies una cara totalmente desollada, que rebotó unos centímetros a mi lado y salpicó de sangre mis pantalones blancos. Sentí que los ojos negros de su desfigurado rostro me miraban fijamente y casi los escuché decir: "¡Pendeja!". El doctor Sodi ahogó un grito y sentí inmediatamente el peso de sus manos sobre mis hombros, pero al mismo tiempo advertí que algo más se resbalaba de las mías: la máscara de piel del muerto se deslizaba despacio entre la sábana y mis dedos y cayó pesadamente sobre mis pies. La viscosidad de la piel hizo un extraño ruido al chocar con mis tenis y me hizo entrar en trance:

> Allí los mataban los ministros del templo, de la manera que arriba queda dicho... y a ellos los llamaban "xipeme", y por otro nombre "tototecti": lo primero quiere decir "desollados"; lo segundo quiere decir "los muertos a honra del dios Tótec".[1]

La deidad se había apoderado de mí. Los tatuajes en el brazo del muerto comenzaron a verse negros y brillantes y juraría que pude verlos luchar por arrancarse de la piel que los aprisionaba: Tezcatlipoca, Quetzalcóatl, Mixcóatl, Huitzilopochtli, Mictlantecuhtli. Instintivamente solté la sábana y me agaché a recoger la máscara que parecía derretirse en mis pies. La levanté con cuidado y la sostuve extendida a la altura de mi cara. Una obscura trenza caía pesadamente hacia atrás y dos enormes y pesadas arracadas deformaban las orejas; del espacio vacío de los ojos de Xipe Tótec escurrían minúsculas gotas de sangre. Sodi arrancó violentamente de mi mano la cara desollada y sentí entonces una arcada en el estómago. Quise tapar mi boca con las manos, pero al ver mis guantes llenos de sangre y sebo, vomité sobre ellos. Escuché cómo el forense pidió ayuda del personal y ordenó a todo el

[1] Sahagún, Bernardino de. *Historia general de las cosas de la Nueva España, Libro II.* cap. XXI-4, p. 97.

grupo salir del anfiteatro. Sus grandes manos tomaron mi cintura cuando empecé a desmayarme.

Las instrucciones del paramédico fueron regresar a mi casa y descansar. Me metí a bañar con toda la ropa puesta y me quedé bajo el chorro de agua hirviendo por varios minutos. La sangre seca de mis tenis se desvanecía en el agua y cuando sentí que mi cuero cabelludo estaba por despegarse del cráneo, apagué la regadera y me quité el peso de la ropa mojada. Pasé toda la tarde leyendo hasta quedarme dormida, arrullada por los versos de *Cantares mexicanos*.

Al día siguiente, desperté con la sensación de haber tenido una pesadilla y me presenté en la Facultad de Medicina. No tuve que pensarlo dos veces: firmé los papeles. Entumida todavía, pero sintiéndome renovada, caminé por los limpios pasillos de la facultad y me dirigí al laboratorio, donde concluía el último trámite. Cuando entré al salón, sentí cómo los ojos de mis compañeros se clavaban en mí. Todos me miraban hipnotizados mientras caminaba al estante de las batas y dejaba frente a ellos, totalmente desollada, mi corazón palpitante.

Julia Cuéllar

Escritora. Directora del bachillerato del Instituto Lux, colegio jesuita en el Bajío. Académica de la Universidad Iberoamericana León. Co-creadora del proyecto de empoderamiento femenino *Bitácora52*. Mi trabajo académico y de difusión cultural ha sido publicado en la *Revista Iberoamericana de Comunicación, Entretextos, Cuartoscuro, Ibero, PicNic, Blogs del Festival Internacional Cervantino*. Autora de *Amor en Presente, historias contadas en Twitter*. Mi trabajo como cuentista está editado en las antologías *El Tótem de la rana, catapulta de microrrelatos* así como en *La Vida Va*.

Renato, el retador

Las manos le sudaban, sentía escalofrío en la espalda, toda la cara estaba cubierta de humedad. La máscara enmarcaba los ojos con un ceño de rabia: una boca abierta con dientes agresivos camuflaba los labios apretados y nerviosos de quien estaba detrás. Por el contrario, el traje era casi inexistente, pectorales marcados, abdomen tonificado y antebrazos definidos desviaban la atención de la *R* pintada en el pecho izquierdo.

Esa musculatura denotaba juventud, disciplina, salud. La gente ansiaba ver sus movimientos, su fuerza en potencia vuelta acción, energía, sudor, algarabía. Las sillas estorbaban, decenas de personas preferían aguardar el combate de pie, sin importarles el polvo o tener que permanecer entre vasos de refrescos y cerveza levantados y llevados de uno a otro lado. Tampoco incomodaba el humo de cigarro; al contrario, llenaba de misterio el terreno baldío apenas regado para la ocasión. Las luces de colores enmarcaban el ring. Cada quien tenía puesta la esperanza en una esquina diferente: la audiencia estaba divida entre quienes apoyaban a Renato y quienes no.

Esa noche, un joven demostraría si merecía abandonar el suelo para conquistar la bóveda celeste alzando los brazos sobre una multitud que recibiría el agua salada como precipitación de la victoria.

Con mecates y estacas se improvisaron caminos que separaban a los luchadores del público y los llevaban hasta el altar de la pelea. Dos jóvenes observaban su esquina respectivamente. Sólo uno recibía las últimas instrucciones de su entrenador; el otro, Renato, con su *R* palpitando vigorosamente, contemplaba el imposible casi vuelto realidad.

Renato respiraba nerviosamente debajo de su máscara retadora. La emoción lo sobrecogía, pero le preocupaba la posibilidad de que algo fallara; de que su esfuerzo no se viera consumado en triunfo; de que algo le impidiera posar sus botas sobre la arena como los primeros pasos de una leyenda.

Mientras veía el ring calculando las pocas pisadas que lo separaban del santuario de tres cuerdas donde se decidiría su futuro, recordó las muchas otras que dio antes de este momento.

Desayunaba huevos, leche y fruta. Iba a la escuela, cada receso aprovechaba para hacer abdominales, lagartijas, practicar llaves con sus compañeros y vender sus servicios como fabricante de tareas a la medida del promedio del comprador. Los fines de semana era mandadero, conserje y bolero. El dinero lo utilizaba para completar la colección de sus ídolos, las máscaras de *El Santo*, *Blue Demon*, sus películas, posters, figuras de acción; además de pesas, telas, botas y casetes de entrenamiento físico que lo ayudarían a convertirse en *Renato, el retador.*

Por las tardes comía pasta, carne y verduras. Era cariñoso con su madre como método para que no sospechara de su meta: convertirse en luchador profesional. Ella estaba en contra de que su segundo hijo, el único estudioso, tuviera un apego por las luchas, lo que consideraba barbarie y no un deporte.

Cuando Renato tenía cuatro años, a todos les resultaba gracioso, incluso tierno, que saltara sobre su abuelo y pidiera conteo; que enredara los cojines de la sala entre sus manos y pies al tiempo que imitaba el sonido de la ovación masiva en una arena candente y festiva. También se le veía correr de un lado a otro de la casa con una vieja playera gris de su papá amarrada al cuello como capa, y con brazaletes y máscara de papel aluminio.

—Es un niño, ya se le pasará —consolaba la familia a la madre que claramente perdía el control pensando que esa afición podría volverse algo más...

Los años pasan y atender la adolescencia rebelde de una primogénita quinceañera y los berrinches de un varón consentido de diez, inducen hasta a la madre más amorosa a bajar la guardia, aparentemente, en los fanatismos de un segundo hijo de catorce.

Como parte del plan para hacerla creer que las luchas eran sólo un gusto moderado tendiendo a desaparecer, Renato pasaba las primeras horas de la tarde haciendo tareas frente a su madre. En su armario guardaba la mayor parte de su colección detrás de cajas de zapatos para que no se notara que había aumentado considerablemente. Su equipo de entrenamiento lo ocultaba entre la ropa; las toallas en una maleta en la que aseguraba guardaba libros que ya no le cabían en su pequeño librero. Su madre no se daba cuenta de que el resto de la tarde y parte de la noche, su hijo entrenaba para convertirse en luchador. Sabía que hacía ejercicio, pues lo veía fuerte, pero se decía a sí misma que era galanura.

Todos esos días de entrenamiento y trabajo, de bocetaje de la máscara y el traje, de soñar con pisar un ring parecían a punto de suceder. Miró las cuerdas, calculó siete pasos hasta ellas, vio cómo el locutor se acercó al micrófono, decidió dar una última inhalación y cerrar los ojos para esperar su nombre:

—RENAAAAAATOOOOOOOO —escuchó. La voz no venía de las bocinas; su fuente de emisión estaba justo en su oreja derecha. Era su madre y ante su mirada dominante, la máscara de Renato parecía intimidada.

—¿Qué haces aquí? ¿Qué estás pensando? Nos vamos ahora mismo. No voy a permitir que te maltraten.

Con los ojos bien abiertos, *Renato, el retador*, devoró por última vez la imagen del ring, de los siete pasos, de la gente entusiasmada; de un sueño que casi toca como la mano de su madre que ahora lo presiona del brazo separándolo de las vibraciones del cuadrilátero y clausura así la posibilidad de una nueva leyenda.

María Elena Espinosa

Ciudad Mante, Tamaulipas. Licenciada en Educación Primaria. Publicó el poemario *Taciturna Luz* (Praxis, 2005); antologada en *Mujeres Poetas de México* (Ed. Atemporia, 2008); en *Bitácora de Voces: Antología de Verso Norte* (2010).

Una noche de ésas

—¿Y usted está casada o soltera? –le preguntó mientras intentaba mirar su rostro por el retrovisor.

La mujer había subido al taxi en la penumbra de la calle por lo que no pudo ver su cara, tan sólo tomó nota de las curvas que ostentaba su cuerpo enfundado en unos apretados pantalones. El interior del coche se llenó de un aroma exquisito. Era como un llamado de hembra en celo. Las neuronas del chofer se excitaron de inmediato. Fiel a su imagen de macho, Rodrigo empezó el coloquio de sobra repetido, pues cada vez que una mujer abordaba su coche se iba a la cargada sin perder tiempo. Algunas veces lograba pegar su chicle: ganosas hay en todas partes, pero esta vez su pasajera no se inmutó. Evadió la mirada del espejo y guardó silencio, parecía perdida en sus pensamientos.

El hombre no se rindió y volvió a preguntar con desparpajo:

—¿Vive sola o tiene familia?

Le pareció ver una mueca que podría ser una sonrisa o al menos eso quiso creer él porque la mujer permanecía callada. Recordó que no le había dicho adónde iba y lo tomó como pretexto para empezar de nuevo su perorata:

—¿A dónde la voy a llevar, guapa? ¿Ya va a descansar?

La mujer le indicó con frialdad una dirección y se acomodó en el asiento.

–Sí –le dijo. –Ya voy a descansar. La voz sonó algo extraña.

"Viene de algún antro", pensó Rodrigo. "Seguro anda medio peda. ¡Mamaciiiita... con lo buenoooota que se ve! Ojalá traiga ganas de macho y entonces de seguro me quedo toda la noche con ella".

Dejó que la idea tomara vuelo en su mente mientras afuera caía una lluvia menuda, de ésas que calan hasta los huesos. Hacía frío y él no tenía muchas ganas de pasar la velada esperando pasaje bajo el cielo de invierno.

Insistió de nueva cuenta:

–¿No me va a decir si vive sola? –interrogó con un tono casi de ruego.

–Sí. Vivo sola y no estoy casada –respondió la mujer.

Ya más animado, Rodrigo bajó la velocidad del auto para hacer tiempo y con voz melosa reanudó su embestida:

–Si quiere, yo la puedo acompañar; no es bueno que una mujer tan bonita esté sola por las noches.

–¿Sí, verdad? –dijo la dama. –¿Usted se quedaría conmigo?

–Mi reina, me quedaría con usted toda la vida –respondió alegremente y siguió conduciendo ahora con algo de ansiedad. Entre sus piernas empezó a sentir el latigazo del deseo al anticiparse a los placeres que disfrutaría.

El sonido de su teléfono celular lo distrajo. "¡Ya valió madre! Es la vieja que de seguro quiere que le lleve lo del chivo." Con disimulo tomó la llamada:

–Bueno... sí, trabajando... nooo, ¿cómo crees? No, ya te dije que trabajando. Mañana... No. ¡No! Ahora no porque no me va a dar tiempo, tengo mucho trabajo. ¡Con una chingada! ¡Te digo que hoy no puedo! –cortó con furia la comunicación, respiró hondo mientras recuperaba compostura.

La mujer había permanecido en silencio, ajena a su charla.

–Ya mero llegamos, voy a parar en ese Oxxo para comprar unos cigarros y unas chelas.

No obtuvo respuesta, lo tomó como aceptación y bajó del auto. Aprovechando la claridad que confería la iluminación del establecimiento, echó un vistazo hacia el asiento posterior intentando ver la cara de su pasajera, convertida, de pronto, en posible compañera de juerga. No distinguió las facciones, vislumbró apenas unos ojos que brillaron incitantes. Animado, entró de prisa a la tienda, tomó las cervezas y se dirigió a la caja.

–Me das unos cigarros y, de una vez, un paquete de condones.

–¿Uno solo? –dijo el empleado con suspicacia.

–Mejor dame tres, de una vez que costee –respondió con un guiño.

Cuando Rodrigo salió del local, el empleado lo siguió con la mirada:

"Este wey ya levantó algo", pensó con algo de picardía. Se atrevió a mirar hacia el coche, pero no distinguió a nadie. Quizá lo está esperando en otro lado, se dijo, y siguió con su labor mientras el vehículo se alejaba.

–Ésa es la calle –indicó la mujer cuando dieron vuelta en la esquina.

En la oscuridad apenas podían verse las siluetas de las casas. Rodrigo sintió un escalofrío.

–Ahí es –volvió a decir la voz.

El auto detuvo su marcha delante de un gran terreno. Un enrejado antiguo resguardaba la privacidad de los propietarios. Cuando se dirigió a abrir la portezuela, un olor extraño en el ambiente se mezcló con el aroma de la mujer; el hombre no prestó atención. En cuanto bajó del auto, la abrazó pegándose a su cuerpo y con soltura tocó la firmeza de sus nalgas. Ella no hizo movimiento alguno, lo dejó enardecerse como anticipo de lo que le esperaría en cuanto entraran a la vivienda.

El hombre le empezó a mordisquear el cuello con lujuria mientras sus manos hurgaban por debajo de la blusa. Liberó los senos del apretado sostén y succionó con urgencia los pezones. La lengua se deslizaba caótica de uno a otro dejando rastros de saliva en el trayecto. Tomó la mano de la mujer y la colocó en su entrepierna. Un escalofrío le recorrió la espalda.

–Hace frío. Vamos adentro –dijo con urgencia.

Un sonido de fierros oxidados se escuchó cuando la mujer abrió la reja del jardín. Se internó en las sombras y Rodrigo la siguió como un ciego a su lazarillo.

El tiempo continuó su curso y la lluvia, su húmedo discurrir. Era una de esas noches propias para un sueño placentero o para disfrutar apasionada compañía. Nada turbaba la quietud de aquel espacio. La pareja se hizo una en el silencio. No fue sino hasta tres días después que la policía encontró el taxi de Rodrigo abandonado a las puertas del cementerio.

Diana Ferreyra

Nació en Morelia, Michoacán en 1990. Aficionada al café y a las letras. Tímida y callada, pero expresiva en su narrativa. Ha sido publicada en diversas antologías y en revistas nacionales e internacionales. También ha publicado dos libros: *Borrones* (2012) y *Las guerras congelan los días* (Premio de Poesía Espantapájaros, 2014; publicado en 2015).

Ellan

Cuando desperté, sentí el vaho de la lluvia. Pero era diferente. Como si el oxígeno lo compartiera con alguien. Las náuseas y los gusanos de mi estómago me hicieron correr al baño. Al llegar, desaparecieron de inmediato. Me dolían los ojos; los labios. El cabello se caía estrepitosamente. Se prendía y se apagaba la luz. Empecé a temer.

Sonaba el teléfono una y otra vez, aunque no estaba concentrada. Tenía calor. Ráfagas empitonaban mis pulgares y chisporroteaban mis piernas destruidas por mal de amores. Necesitaba lavarme la cara. En lo que preparaba el agua de la bañera, empecé a lavarme el rostro.

De pronto, miré hacia el espejo: había un hombre. Un sujeto de cabello casi blanco. Joven. Hacía los mismos gestos que yo. No dejaba de mirarme. Como si de las entrañas salieran jugos secos o enlamados, empecé a devolver en el lavabo. Era líquido transparente. No servía de nada. No sé si el hombre vomitaba como yo. Levanté mi cara: seguía allí.

Esta vez sentí que una mano rozaba mi cintura. Su tacto era cálido. Su aliento a un lado de mi oído izquierdo.

—Estoy detrás de ti, dentro de ti.

Buscó mi ombligo. Su dedo meñique se sujetó como dardo. Los vellos de sus brazos se trazaban y se pegaban sobre mi piel. Descubrió mi blusa. Sus manos subieron sobre mis pechos. Los tocaba como botoncitos. Me hizo girar. Se inclinó y me buscó.

Nuevamente desperté por el timbre. Busqué cualquier calzado del piso y me puse una bata. Era Omar.

–Elisa, ¿qué te ha pasado?

–¿Qué quieres? –respondí.

–Estoy preocupado por ti. Eli, me preocupas.

–Dile que no sea hipócrita –me decía el hombre a mis espaldas. –Él te dejó: no vas a perdonar su traición...

–¿Te preocupo? –le pregunté. –¿Acaso te preocupé cuando estabas con Julia?

Se echó las manos a la cara, con enfado.

–¿Ya vas a empezar?

–Dile que se vaya –insistía el hombre.

–No te preocupes por mí. Yo estoy bien.

–Dile que estás conmigo.

–Eli, por favor –Ellan me tocaba los hombros–, déjame entrar a tu casa: te ves fatal. No quiero que hagas una tontería.

–Dile que se vaya.

–Eli, ¿por qué no dices nada?, ¿verdad que no estás bien?

–Déjame.

–¿Qué?

–Vete.

–Pero...

–Vete. No te voy a dejar entrar.

–¿Estás con alguien?

–Dile que estás conmigo.

–Sí.

–¿Con quién?

–Con Ellan.

Cerré la puerta.

Tomé un lápiz y empecé a hacer un trazo. El hombre estaba detrás de mí. Cuidaba que dibujara perfectamente. Sus dedos cosquilleaban mis codos. Sus labios posaban en mi cuello.

—Recuerda que estoy dentro de ti, Elisa.

—Lo sé...

—No dejes que nadie entre a la casa. No dejes que me vean.

—No...

—Tampoco dejes que entre Omar.

—Que se pudra.

Sonaba el celular. El hombre me abrazaba sobre su cuerpo. Ya no quería que dibujara.

—Debes prometerme algo, Elisa.

—¿Qué deseas?

—Que cumplas tu palabra.

El teléfono zumbaba una y otra vez. Ellan no dejaba que lo contestara. Sus pómulos se encajaban en mis recovecos. Era su cuerpo una masa tibia: olía a manzana, a la zarzamora que no muere en verano. Sus ojos eran párpados de acero, rojizos como espías. Sus piernas se entrecruzaban y no dejaban de danzar a mi lado.

Empezó a llover, pero la humedad era más fresca que su cuerpo. Se detuvo. Me dio sus manos y me levantó de la cama. Llegamos al baño. La bañera estaba lista.

—Cumple con tu palabra, Elisa.

Se metió a la bañera. Lo seguí. Su piel era blanca, apenas perceptible. Me esperaba sentado. Al acercarme, mi columna se acalambraba: como si una luz entrara a mi torso. Buscaba mi rostro y lo tocaba apenas con la punta de su nariz...

—Qué bueno que estás aquí.

—¿Qué le pasó a Elisa ahora, Omar?

—No sé, pero siento que algo quiere hacer: dice que tiene a otro hombre...

—Si sabes que ella está loca y...

–Pero esta vez me dijo un nombre.

–¿Cuál, según?

Los vecinos veían que había goteras. Omar corrió deprisa al siguiente nivel. Con su amigo intentó abrir la puerta. Buscó entre el manojo de llaves alguna que entrara a la chapa.

–No dejaré que nos vean, Elisa, para que cumplas tu palabra.

Entre gritos y llamados, sospecharon que estaría en el baño. Después de sus intentos fallidos, buscaron un cuchillo para desatar la perilla.

Cuando dormí, entró Omar con su amigo. Empezó a llorar. No le gustó verme sumergida en sangre. Tocó mi cuerpo tieso de horas.

–Te dije que no nos verían. Es hora de irnos, Elisa.

Ellan pasó frente a ellos como una deidad. Omar nunca me creyó que vivía conmigo: decía que una criatura tan bella no podía fijarse en mí. Pero tal vez se le olvidó que era el más hermoso y más porque prometió salir de mi cabeza para acompañarme a marchar frente a esas campanas y rugidos de la calle que tanto molestan a los que somos débiles: a los que no debimos haber existido en este mundo. Pero hay otros inmortales que vienen por nosotros, como Ellan. Sé que me cumplirá la eternidad.

Alejandra Franco

No estudió para lectora; se hizo en el camino. Cursa la licenciatura en Comunicación y en sus tiempos libres –que son los más– se dedica a tener miedos bobos y corajes absurdos. Escribe porque así drena lo que trae dentro; lee para absorber y así volver a drenar, pero ahora con un pelín de más sapiencia. Ha colaborado en *blogs* como *Crónicas de asfalto* y *Feminopraxis*.

Noches

Tengo los ojos llenos de lagañas. Espera, no están llenos; están atiborrados. Estas lagañas se asemejan a una capa de papel albanene bien acomodada sobre mis globos oculares, así que sólo veo manchas. Tallarme los ojos hace que el papel se rompa un poco, de tal suerte que veo y no.

Definitivamente no veo. No veo, no veo, no veo. Mi lucha con el papel albanene se intensifica: lo escucho crujir, lo restriego, restriego mis ojos, me desespero, restriego mi cara contra el suelo. Quiero ver, carajo. Mejor me calmo porque no estoy consiguiendo nada. Sigo con la vista mocha; sigo queriendo adivinar hacia dónde dirigirme. Una escalera, hay una escalera. Lo sé porque con la mano logro sentir que ya no hay piso que me deje seguir arrastrando mi pesado cuerpo. Lo que sigue es un escalón de aproximadamente veinte centímetros. No me importa, voy a probar suerte porque prefiero aventurarme a seguir luchando con mi debilidad visual. A gatas y temeraria, me dejo ir de bruces esperando encontrar el siguiente escalón, pero nada me detiene y caigo en picada. El estómago me cosquillea y puedo sentir que ya voy a caer, ya voy a estrellarme con sabe Dios qué cosa.

Despierto. Despierto en mi cama, la cama *king size* que me heredó mi mamá al ver que no podía llenarla con su nuevo amor.

"Tú sí la vas a disfrutar, te encanta dormir". Y sí, me encanta dormir, pero odio soñar. Las sábanas aún están tibias y aprovecho para menear los pies debajo; también son herencia de mi madre y lo agradezco porque no sería capaz de comprar unas sábanas tan caras.

Siempre me ha gustado despertar y saberme pequeña, encoger mi cuerpo hasta quedar en posición fetal y sentir que me hundo en las profundidades del colchón. Esta vez no es así; esta vez siento que alguien está viéndome. Me quito las sábanas de la cara, busco, pero no encuentro nada. Todo está en orden, pero aun así siento una presencia que me aturde.

Las sábanas pasan de reconfortarme con su tibieza a sofocarme con su calor; de un momento a otro estoy bañada en sudor. Tengo miedo: trato de gritar y pedir ayuda, pero las palabras no se concretan; apenas formo sílabas que más bien parecen gemidos lentos e inaudibles. Tomo aire, lo guardo en el diafragma unos cuantos segundos para intentar sacarlo con toda mi fuerza y poder gritar. Mis costillas se expanden y lanzo todo lo que hay dentro de mí, pero al momento de salir apenas se escucha un silbido muy guango. Nadie escucharía, ni aunque estuviera a lado mío.

Intento moverme, levantarme y tomar una posición que me dé el aspecto de estar en guardia, pero eso se queda en el querer porque no puedo despegarme del colchón. La cama es cama y no me jala ni me detiene, soy yo la que no cuenta ni con un ápice de fuerza; pasa igual que con la voz, dentro de mí hay energía y adrenalina para hacer que mi cuerpo despegue, pero es éste el que se comporta como un vegetal.

Lanzo un brazo hacia el techo, se levanta con mediano gusto y vuelve a caer como goma. Ni siquiera soy un resorte: los resortes tienen cierta estructura y divierten a los niños cuando los apachurran y milésimas después los sueltan para dejarlos salir volando como locos. Si un niño me apachurrara, se decepcionaría. Me quedaría inmóvil, deshecha, no despegaría; me haría una masa sin consistencia; me desbordaría, resbalaría por la cama y caería al piso. Estoy a punto de desbordarme, pero hago un último intento, aprieto las nalgas, mi espalda se arquea y mi coxis se levanta apenas una pulgada. Despego, me despierto.

Quiero gritar, pero mi cuerpo me desobedece: una bocanada de aire me invade y comienzo a sentir los pulmones hinchados. No abro los ojos porque me da miedo seguir soñando; me hago bola como puedo. Me llevo las manos a la cara y la siento mojada; me armo de valor y poco a poco vislumbro lo que hay alrededor mío.

Estoy en el suelo, duro y encharcado. Huele a cuando mi abuelo me llevaba a los hoteles de Reforma y con flotadores me aventaba a las albercas, mezcolanza de agua con cloro. Los botones nunca le decían nada porque de verdad pensaban que era un huésped más. Nos turnábamos cada semana, de esa forma mi abuelo podía presentarse con gallardía sin que lo recordaran; hasta le ofrecían limonadas que corrían por cuenta de la casa. No era difícil siendo un hombre alto que, aunque ya denotaba edad avanzada, seguía con el porte que siempre le permitió impactar a cualquiera que pasara junto a él.

Me levanto y tengo el traje de baño puesto, mis flotadores están sobre el camastro de plástico. De nuevo soy niña; de nuevo tengo seis años. No hay nadie en la alberca y eso me hace sentir feliz: siempre me gustó estar sola para poder disfrutar la temperatura del agua sin tener que sentir el cambio a tibio en mis piernas después de que los niños que jugaban conmigo se hacían pipí y fingían demencia.

Puedo ver mis pies pequeños con dedos regordetes y uñas tiernas: ¡qué bonitos pies de niña! Sin más, me preparo para darme un chapuzón. Comienzo a correr, pero antes de zambullirme, noto que a la altura del ventanal que separa la alberca de la estancia, hay una masa inerte de color blanco. La curiosidad me mata y aunque me resbalo unas cuantas veces con el agua en el suelo, me acerco para ver qué es lo que está tirado.

Es mi abuelo. Está inmóvil, no me responde. Toco su cara y lo abrazo; siento su camisa de manta. Grito y las lágrimas brotan por mis ojos. Veo un charco de sangre bajo su cabeza que poco a poco se mezcla con el agua. Grito y lloro: nadie viene. Grito más fuerte y el silencio que sigue después me hace sentir abandonada. Mi abuelo tiene los ojos cerrados y la piel fría.

Así es todas las noches desde que mi abuelo murió, viviendo más en los sueños que en la realidad. No sé si fui yo la culpable de su muerte porque cuando volteé, él ya estaba ahí tirado.

¿Lo descuidé? ¿No agarré su mano lo suficiente como para no perderlo de vista? Sigo buscando la respuesta aunque después de veinte años las lagañas son más difíciles de quitar, el cuerpo se tensa y desvanece cuando quiere, el pavor me hace querer gritar, pero mi cuerpo está cansado. Así es todas las noches, esperando encontrar a mi hombre gallardo bebiendo su limonada mientras remoja sus pies y yo chapoteo en la alberca. Así es todas las noches: ¡que venga una más!

Itzel Guevara del Angel

Es profesora, narradora y promotora de lectura. Ha tomado talleres de literatura y escritura creativa en la Universidad de Texas en El Paso y en la Universidad Central de Colombia. Su obra narrativa ha sido publicada en diversas antologías de México, Estados Unidos, Austria y Colombia, entre las que se encuentran *Lados B* (Nitro Press, 2015), *Lateinamerika* (PODIUM, 2015), *Sólo cuento VIII* (UNAM, 2016), *Under the Volcano* (Fondo Editorial del Estado de Morelos, 2017) y *Escritores que cuentan* (Editorial de la Universidad Central, 2018). Es autora del libro de cuentos *Santas madrecitas* (Tierra Adentro, 2008), la novela corta *Morderse las uñas* (Editorial Pontificia Universidad Javeriana, 2017) y recientemente incursionó en la literatura infantil con *El jardín de las preocupaciones* (Editora de Gobierno de Veracruz, 2018).

Un cuarto lleno de películas

Papá tiene un cuarto lleno de películas, primero dijo que iba a ser el cuarto para la mesa de billar y la cantina donde guarda las botellas de ron. A él le gusta mucho el ron y a veces me pide que se lo prepare: es muy fácil, sólo pones un chorrito en un vaso con hielo y luego echas la Coca-Cola y el agua mineral. Cuando está muy muy feliz me deja tomar un poco de su vaso, *pero no le digas a tu mamá, ya sabes cómo se pone. No, no le digo*, y le quito el vaso de la mano: se siente frío. *Sólo un traguito, que está fuerte.* Yo empino el vaso y en cuanto lo bebo siento asco, pero después siento como cosquillas calientitas, como burbujas. Entonces me gusta. *Ay, chiquitilla, vete a jugar, y no le digas a tu mami*, me dice, dándome una nalgada.

Después de que pelearon mucho por cómo subir la mesa de billar, mamá dijo que era mejor que las cosas se quedaran abajo para cuando vinieran las visitas y terminaron por dejar todo en un rincón de la sala. Entonces papá mandó a hacer un mueble muy grande para poner todas sus películas y también puso una televisión, una videocasetera y un sillón bien bonito que se hace hasta atrás como si fuera una cama. Aunque papá me dice en secreto que ese cuarto es suyo y mío y que siempre que quiera puedo entrar y ver las películas, yo sé que eso no es cierto. Cuando él está ahí, cierra la puerta y mamá nos prohíbe que andemos cerca: no quiere que lo molestemos. A veces ella se encierra con él, pero últimamente no tanto.

Casi todas las películas están en inglés y hay que leer muy rápido los títulos. Yo todavía no puedo leer tan rápido, pero no me importa; a mi hermano sí, dice que no tiene chiste si no entiendes lo que dice, por eso él casi no entra al cuarto. Papá tiene muchas películas de guerra, donde salen tanques y helicópteros y explotan bombas en la selva y los soldados quedan hechos pedazos o sin piernas. También tiene de terror, aunque de ésas son muy poquitas. A mí me encantan, pero casi siempre me tapo la cara con las manos y separo un poco los dedos para poder ver. *Eres una tonta*, me dijo mi hermano un día que me vio encogida en el sillón con la cara cubierta, *si te da tanto miedo mejor no la veas. A ti qué te importa*, le contesté y corrí a cerrar la puerta. *Eres una miedosa, marica y chillona*, gritaba mientras empujaba la puerta para que no la cerrara y se reía de mí.

Me gusta buscar y encontrar cosas, como cuando abrí los cajones donde guardan las toallas y en el último encontré una bolsa llena de llaveros que compró papá cuando fuimos a Disneylandia. Yo creo que eran para regalar y se le olvidaron. Me quedé con todos. O como cuando metí la mano entre los asientos del coche y me encontré una moneda de diez pesos que me guardé antes de que mi hermano la viera y llegando a casa, la eché en la alcancía. También he encontrado flores secas y aplastadas en algunos libros, una foto de mi papá con una señora que no conozco, dentro de su maletín, y unas pastillas que tenía mamá en su alhajero, pero esa vez sí se dio cuenta de que me las llevé y me regañó mucho por habérselas quitado. Me dijo que eran muy peligrosas y que jamás volviera a tocarlas, pero eso es mentira porque cuando ella se las toma, lo único que pasa es que se queda bien dormida. Un día me trepé en el mueble, hasta llegar al último estante y detrás de los videos para aprender inglés que compró mi papá por teléfono y que llegaron a casa en una caja enorme y que traían casetes para escuchar en el coche, libros con ejercicios y hasta un lápiz, encontré las otras películas.

Hay una de un señor que tenía una hija grande, que ya era muchacha, y eran muy felices. Cuando iba a trabajar la pasaba a dejar a la escuela y siempre se despedían con un beso. Ella tenía un cuarto como el mío, lleno de muñecos, pero un día no regresó de la escuela y el señor lloraba mucho y contrató un detective para que la encontrara. El detective lo llamó y se vieron en una cafetería, le dijo que ya había encontrado a su hija y le dio un videocasete, él llegó a su casa y puso la película. Entonces vio a su hija en una recámara que tenía dos camas pequeñas, dos camas igualitas como si ahí durmieran unas gemelas. Al principio estaba sola, sentada sobre una de las camas, y luego entraba un muchacho que la hacía que se levantara y la besaba, después entraba otro, y entre los dos le quitaban la ropa y también ellos se la quitaban. El papá se agarraba la cara; yo creo que lloraba.

Hay otra película de un señor que trabajaba en un banco, tenía una casa muy grande y vivía con su esposa y su hijo; cuando fue el cumpleaños del niño le hizo una fiesta enorme con miles de globos y juegos mecánicos y le regaló un perro. Yo creo que era el jefe del banco porque todos lo saludaban y lo dejaban pasar cuando llegaba. Un día, su esposa se fue de viaje y cuando el señor regresó del trabajo se dio un baño y se rasuró todo el cuerpo, se puso una bata guinda con flores y se pintó los labios y los ojos. Luego llamó a su hijo, que ya estaba dormido, y lo sentó en la cama para que lo viera bailar. Parecía mujer. La esposa regresó porque había mucha nieve y el aeropuerto estaba cerrado, entró a la recámara, los vio y también se puso a llorar.

Yo sé que las películas no eran de terror, pero estaban bien escondidas y yo empecé a despertarme en la noche con miedo y ya no me quería dormir porque si cerraba los ojos sentía que el corazón se me salía. *Pesadillas*, le contestaba a mamá cada vez que me veía las ojeras y me preguntaba si otra vez no había dormido. *Pero ¿qué sueñas?* me preguntó muchas veces, y como yo siempre le contestaba que no sabía o que no me acordaba, me dijo que estaba preocupada y que si no quería decírselo a ella, que se lo dijera a la doctora. Y entonces hizo la cita y me llevó a un edificio del centro con la doctora psicóloga. Mamá esperó afuera, pero en el camino, y antes de que yo entrara, me dijo que tenía que contarle todo porque ella era como una amiga.

¿Cómo te llevas con tu familia? Bien, gracias, le contesto a la doctora psicóloga, y le hablo de mi hermano, de que a veces me peleo con él porque es muy burlón, pero luego nos contentamos. Le hablo de que quisiéramos tener un perro, pero mi mamá se pone a gritar cada vez que le pedimos a ella o a papá que nos compren uno o cuando los amenazamos con pedírselo a los Reyes Magos. Dice que no quiere ni pensar cómo le dejaría el jardín. Le hablo de la escuela y las clases de piano, de que no entiendo la clave de fa y a veces me regaña la maestra. Le dibujo las cosas que me gustan: los columpios, el piano, mis muñecos encima de mi cama. Le digo *a las pesadillas*, cuando me pregunta a qué tengo miedo.

Yo sueño miedo, y el miedo es como cuando sabes que te va a pasar algo horrible: no sabes qué es, pero sólo estás esperando a que te pase y por eso tiemblas y sientes como electricidad en el cuerpo, y el corazón late tan rápido que duele. Yo quisiera tomarme las pastillas que mamá usa para dormir. La he visto dormir toda la tarde y cuando despierta le pregunto *qué soñaste* y ella me ve raro, como si hubiera preguntado algo muy tonto y entonces dice *nada, yo no sueño nada.* Pero eso no se lo digo a la doctora porque el día que se lo dije a la abuela, mamá se enojó mucho conmigo y *tienes que aprender a cerrar la boca*, me dijo, luego lloró. Yo no quiero que ella llore. ¿Cómo le digo a la doctora que sueño miedo? ¿Cómo le explico lo de las películas, si no hay sangre ni muertos? ¿Cómo le digo que cuando un papá o una mamá llora es como si tú fueras una casa o un cuarto y te apagaran la luz? *A las pesadillas, a las pesadillas*, le contesto.

Aída López

Aída María López Sosa (1964, Mérida, Yucatán). Psicóloga con especialidad en Tecnología Educativa por la Universidad La Salle. Cursó el Diplomado de Creación Literaria en la Sociedad General de Escritores de México (SOGEM) Guadalajara y en la Escuela de Escritores de Yucatán Leopoldo Peniche Vallado. Ha publicado en diversas antologías como *Caleidoscopio XIII* (SOGEM Guadalajara, 2016); *Vamos al circo: Minificción Hispanoamericana* (2016); *Cortocircuito: fusión en la Minificción* (2017); *Palabras y Miradas* (2017); *Mujeres que no callan, Yucatán* (2017) y *Resonancias* (2018). Ha colaborado en diversos diarios y revistas. Miembro del PEN Internacional (Asociación Mundial de Escritores) sede Guadalajara.

Allanamiento

Los rasguños en el techo de mi habitación me despertaron una mañana. No les di importancia hasta que se volvieron más intensos. Salí a ver qué era, pero no percibí nada a primera vista. A la mañana siguiente sucedió lo mismo; quería dormir, pero cada vez se intensificaban más los ruidos. Al tercer día descubrí a un ave negra, robusta, posada en el techo. Con su pico curvo, puntiagudo y sus garras raspaba el concreto. Comencé a aventarle las piedras que encontré y ella trató de devolvérmelas, hasta que finalmente voló. Durante varios días los rasguños me despertaron a la misma hora como si el ave tuviera la consigna de hacerlo. Algo debía hacer para que ese pajarraco se fuera para siempre. Su aspecto amenazador me perturbaba: en un arranque podía volar hacia mí y sacarme los ojos.

En las noches mi preocupación era la visita matutina del espectro en forma de pájaro. En la medida en que mi miedo crecía, el animal se apoderaba más del espacio. Pronto llegó acompañada de otra y entre las dos horadaban por horas el techo. Decidí poner una escalera para subir a ahuyentarlas, pero las aves incrustaban sus miradas ámbar en mi rostro. El agudo graznido se clavaba en mis oídos: era el aviso de ataque. Pronto el techo de la casa quedó cubierto de cientos de aves negras que asemejaban un gigante trozo de carbón depositado. Las aves no se iban; pasaban día y noche chillando, rasguñando con sus filosas uñas, peleando un espacio para acomodarse. Fueron llegando más y más. Enfurecidas, embestían los cristales de las ventanas que se fueron agrietando. No parecían resentir los impactos. Las paredes de la habitación se oscurecieron formando caprichosas siluetas amorfas que enrarecieron el espacio. A golpe de pico, los pajarracos entraron a adueñarse del lugar. Salí despavorida de la habitación cerrándola con varios candados mientras los chillidos y aleteos se mezclaron con el rechinido de sus garras sobre los muebles. Dormía y comía poco: el color de mi piel se volvió cenizo. Los pajarracos llenaron de cráteres las paredes; vivían en el techo y en el segundo piso; convirtieron la casa en un nido gigante. Me aterrorizaba la idea de que invadieran abajo. Me sentía débil, mis ojos se iban hundiendo; su color café tornó en amarillo. Mi piel se fue oscureciendo al paso de los días. Mi mayor temor era morir y ser devorada por esas bestias peleando por un trozo de mi carne, sacándome los ojos hasta dejarme peor que carroña. Avanzaban los días y las sombras obscuras iban cayendo en cascada por las paredes del primer piso. El techo perforado dio paso a los maléficos voladores que se apoderaron del último rincón de la casa. Volaban y caminaban junto a mí, me rozaban con su plumaje; intercambiábamos miradas como si nos entendiéramos. Me sentía acompañada al despertar, se posaban en cualquier parte de mi cuerpo, sus chillidos y aleteos se volvieron opacos, sus picoteos bajaron de intensidad. Mis uñas crecieron tanto, al grado de rasguñar igual que ellas. Me compartieron frutos que traían. El vello de mi piel ceniza creció y fue abriéndose hasta transformarse en pluma cubriendo todo mi cuerpo. Dejé de utilizar las escaleras para llegar a mi habitación: bastó con levantar los brazos.

Marcela López

Soy de Guamúchil, Sinaloa: un lugar pequeño que me regaló la posibilidad de una infancia y una adolescencia entre vecinos, amigos, lluvias y libertad. Busqué respuestas a las interrogantes que la literatura había despertado en mí y estudié Letras Españolas en el Instituto Tecnológico y de Estudios Superiores de Monterrey. En 1992 llegué a Puebla a cursar una maestría en la Universidad de las Américas, sin saber que en esta ciudad estaba mi destino. Ya no regresé al nido y la senda se trazó: familia, hijos, amigos, círculos de lectura, enseñanza y talleres de escritura creativa –como maestra y como alumna.

Beto Schmidhuber

Nadie me abrazó cuando murió Beto Schmidhuber. Los sollozos de la madre llegaban hasta mi casa ese domingo triste. Antes, lo habíamos poseído todo: alegría, un buen patio, compañeros de diversión a la mano, altos árboles frutales, lluvias torrenciales; un verano que sólo demandaba jugar, el verano perfecto hasta que después del mediodía mi padre murmuró:

—Encontraron ahogado a Betito Schmidhuber.

Atónitos tras el ventanal, mis hermanos y yo mirábamos el entrar y salir de todos los vecinos y amigos del pueblo. Mi hermana mayor murmuraba: "Ahí va la señora Luz Bertila... ésa es la mamá de Yani Hurtado... también entró la señora Nancy Ceceña". A veces, sus comentarios desaparecían entre el eco casi lejano de algún llanto desgarrado o se interrumpían con los crujidos sordos de los dedos de mi hermano quien, como todos, no sabía qué hacer con la repentina certeza de la muerte. Mi madre –de negro– cruzó la calle hacia nosotros, abrió la puerta principal y nos reprendió por observar lo que ella no podía explicarnos. Voz evasiva y serena: "Vamos a cenar... Alejandra, ¿quieres licuado de mango?... Miguel, hicieron sopitas con huevo... Marcelina, ¡hay dulce de leche...!", así hablaba ella cuando del guayín de la Funeraria Sedano bajaron la insólita caja blanca.

Los sábados y domingos por la noche, los niños de mi calle teníamos veladas jubilosas, íbamos tarde a la cama, corríamos vagabundos y andábamos la vida en bicicleta. Todos esperábamos aquel domingo. En horas de nuevo jugaríamos. Primero comeríamos con los abuelos y la tarde llegaría para aventurarnos a nuestro universo lúdico y privilegiado. Mis padres harían su dominical vida despreocupada: regresar a casa para descansar mientras nosotros y los vecinos devorábamos libertad en el jardín.

Mi corazón de niña escuchó hoy los pasos que buscaban a los escondidos entre las plantas. Ahí estábamos Beto y yo otra vez entre los matorrales del platanar; la adrenalina corría por nuestros plenos y polvosos cuerpos. Se acercaba Conchita, la hermana de Beto. Esos momentos mágicos lo llenaban todo. La alegría salía siempre victoriosa.

El equilibrio se rompió con Beto Schmidhuber. Tenía seis años, sonrisa plena y blancos dientes montados en una cara tatemada por el sol; niño clave de nuestra cotidianidad... ¿qué podíamos hacer ese domingo gris en el que ningún vecino vendría a jugar en el siempre dispuesto patio de la casa? Entonces miramos mucho tiempo tras el cristal, desconcertados. Los amigos no tocaron ese día a nuestra puerta, así que espiamos a detalle la partida del cortejo de adultos tristes y solemnes. La señora Jose apenas podía caminar mientras tocaba, toda ciega, la caja blanca que se llevaba el misterio de la existencia de su hijo. Todo era muy trágico y de grandes dimensiones para nuestros años y estatura.

Hoy regresé al viejo portal que presenció mi infancia: ahí encontré mi alma niña y tanto tiempo después comprendí —al fin— la plenitud en el rostro de Beto al saltar a la profunda pila de agua que le interceptó el camino, terminando sin testigos su intensa, feliz y corta vida. Mi madre y yo evocamos hoy a la sombra del viejo guayabo las caras tiernas de los vecinos:

—¿Y qué ha sido de Conchita... de Janette... de Rocío Chiquete... de la Chatita... de Jesús Ceceña y de la Gorda? —preguntaba yo sin parar, queriendo reconstruir sus rostros transparentes entre los árboles de la casa de mis padres. Todos se habían ido ya y con los ojos apretados encontré entre los escombros de aquel paraíso a Beto Schmidhuber despeinado y travieso.

–Hola, Beto –saludó mi corazón. Duele, hoy duele más que ayer. Lo vi con los ojos cerrados. Y descubrí que Beto llevaba intacta la inocencia, buscando a los escondidos por más de cuarenta años, la esencia perdida de los que fuimos sus compañeros, aquéllos que un día renunciamos a nuestros juegos para andar el empinado camino que nos convertiría en adultos.

Me refugié en el regazo anciano de mi madre.

–¡Vamos, Marcelina! –dijo ella. –¡Hay dulce de leche!

Nadie me abrazó cuando murió Beto Schmidhuber.

Rosario Martínez

Ojinaga, Chihuahua. Maestra y escritora. Autora del libro *El aniversario y otros cuentos* (mención honorífica de Tintanueva Ediciones, 2014) y de la novela infantil *Aluzia & Sombría*. Su obra ha sido antologada en *Cuentos para soñar* (Ojos Verdes, España, 2018); *Mortuoria, Sombras en Día de Muertos* (Ediciones Lulú, 2018) así como en las *Memorias del Tercer Encuentro de Escritores Jóvenes "Jesús Gardea"* de la Universidad Autónoma de Chihuahua (2016); *Escritoras Mexicanas*; *Revista Elipsis* (Colombia); *De amor, locura y muerte* y *TrenINSOMNE* (Argentina). Con el cuento "Compañero del Sol" obtuvo el tercer lugar en el concurso "Las lunas de octubre" (Cuautla, Morelos, 2016) y el Primer lugar en el concurso "Voces del más allá" (2015). Finalista en el concurso de valores de Televisa (2006). Pertenece a la antología digital de escritoras chihuahuenses *Muki' ra íchari*.

Así nomás

Mercedes tenía una metódica rutina: seis días a la semana iba a su florería. Lo que menos le gustaba era la ubicación, aunque reflexionaba con justicia que era conveniente –estaba enfrente de un cementerio–, y aunque la mayor parte quedaba oculta tras una cerca blanca y larga, siempre podía verse la amplia entrada. A menudo le tocaba presenciar el cortejo de autos tras la carroza fúnebre. Pese a no conocer al difunto, esto le causaba tristeza y entonces sus arreglos tenían el aroma de la melancolía...

Sin embargo, agradecía el estar rodeada de flores con sus destellos de color y frescura. Se entretenía en crear nuevos diseños para los arreglos florales tan diversos como la ocasión lo ameritara. Sus favoritos eran, sin duda, los románticos y elegantes ramos de novia, que de vez en vez eran solicitados en su florería. No estaban en temporada alta: estaba por finalizar el verano y no se avecinaba ninguna fecha especial que era cuando las personas acudían con mayor frecuencia. La próxima sería hasta el Día de Muertos, pero estos arreglos eran tristes, desgarbados, anodinos y sin personalidad. Eran una ofrenda para quien ya no podía disfrutarla. Suspiró con este pensamiento y se secó las manos en el mandil: lo había mandado a hacer con una costurera vecina. Mercedes lo había diseñado, era de manta y le había bordado unas flores silvestres y unas esbeltas espigas de trigo que representaban el simbolismo de un íntimo y secreto deseo al que casi había desahuciado. Tenía por norma cerrar a las cinco de la tarde. Volvía a su casa dando una larga caminata. Disfrutaba su paseo vespertino entre automóviles y calles ruidosas. De regreso se compraba un café y un emparedado en el *mini súper* que le quedaba en el camino. Era una rutina simple, sin complicaciones ni sobresaltos innecesarios, pensaba.

Por las noches, sentada frente a la computadora portátil, se ponía al tanto de las noticias. Casi de madrugada salía a regar su pequeño jardín lleno de geranios todavía florecidos y su hermoso moro; le gustaba ver su elegante y poderoso tronco, la suntuosidad de las hojas verdes, vigorosas y llenas de vida. La buganvilia en forma de enredadera que crecía junto a la barda le recordaba el pasado: la habían sembrado juntos. Sólo entonces se permitía un momento de nostalgia. Hacía tanto tiempo que él se había ido. Lo había amado con profunda emoción, con una entrega desbordada, tal vez por eso se había marchado. Tanta intensidad a veces asusta, como el mar cuando se agita, como el abismo cuando se contempla, como el cielo cuando se enfurece. Su serena apariencia no delataba en nada la fuerza con la que era capaz de sentir. Tan hábil como capaz de disimular, de tanto hacerlo casi se había disimulado a sí misma. Era una invitada habitual en reuniones y celebraciones de varios tipos, donde se comportaba amable, serena y de bajo perfil. No se esmeraba en su atuendo personal. Lucía limpia, arreglada en forma sencilla y hasta un tanto anticuada. Tenía varios ahijados; era la madrina perfecta: sola, sin hijos ni marido. Hasta cierto punto, su vida era feliz, con la tranquilidad que da aceptar la situación en la que se desenvuelve la propia vida. Ganaba el dinero necesario para mantener en pie su casa y su negocio. Amaba las flores y su único vicio era fumarse un cigarro por las noches en la íntima penumbra que daban el follaje y las bardas que delimitaban los costados de su vivienda.

Su casa estaba ordenada y pulcra. Mantenía en perfecto estado los muebles un tanto antiguos. Conservaba como único adorno en ese ambiente austero, una fotografía del día de su boda hacía casi veinte años. No era una foto de bodas en estricto sentido, pensaba, a pesar de que lucía un hermoso vestido de novia, porque aparecía sólo ella. Las demás donde el hombre con el que se había desposado se podía ver, hacía tiempo que habían desaparecido; las había guardado un año. Al cumplirse la fecha en que él se había ido, hizo un festín de retratos y lo aderezó con un buen trago de licor, los colocó en una bandeja de metal, les convidó un poco del alcohol que bebía y les prendió fuego. Luego lavó cuidadosamente la charola y la guardó, pero nunca volvió a usarla. Sabía que el tiempo se acababa y las espigas de su delantal se lo recordaban a menudo. Las veía languidecer día con día, mientras continuaba con la sencilla rutina autoimpuesta. Hasta esa noche.

Con aire melancólico, un hombre entró a comprar flores: una docena de claveles blancos. Aunque casi era hora de cerrar, decidió atenderlo. Quizá fue su gesto de desconcierto, de infortunio, el que la impulsó a hacerlo. Contra su costumbre, le preguntó sin curiosidad, con más ánimo de entablar conversación que de saber la respuesta: "¿Son para su esposa?" Él contestó afirmando con la cabeza y ahí terminó la parca conversación. Ella siguió el rumbo del hombre y su mirada se detuvo ante la barda blanqueada del panteón. Varios viernes por la tarde, casi a la hora de cerrar, el sujeto llegaba por su ramo de claveles, para luego atravesar la calle y perderse de su vista tras los muros del cementerio.

Un día, sin embargo, él entró con un ramo de rosas rojas en la mano. Un gesto de contrariedad se detuvo en el rostro de ella cuando él se las ofreció.

–Son para usted.

–¿Por qué? –fue lo único que se le ocurrió preguntarle sorprendida.

–Para que me permita acompañarla y me invite a tomar un café.

–¿Así nomás? –dijo ella.

–Así nomás –contestó él.

–Déjeme cerrar y nos vamos –habló Mercedes resuelta.

Durante el trayecto se enteró de que su mujer había muerto hacía un año, que sus hijos vivían en el sur del país y que pronto se marcharía. La compañía para la que trabajaba lo enviaba lejos, a la costa.

–Me quedan tres meses aquí: me iré cuando llegue el invierno –le dijo más tarde entre el vapor del café con la mirada sosegada.

–Bueno, para eso faltan todavía tres meses –contestó ella con serenidad. Cuando él se marchó, la mujer se miró al espejo largamente: no tenía mucho tiempo.

Sucedió a las dos semanas y media de verse. Ahora sabía mucho más de él: habían intercambiado confidencias, como la información que se comparte con los desconocidos a los que nunca se volverá a ver, como sucede en los encuentros casuales. Por eso sabía que era oriundo de esa ciudad, que se había casado muy joven y sus hijos ya eran mayores. Acababa de vender su casa y se había despedido de los amigos y de la ciudad. Ella se dio cuenta de que no pensaba regresar.

Era casi de madrugada y él seguía ahí, hasta que se levantó y ella lo imitó, entonces sus cuerpos quedaron sofocados y ansiosos como esperando, mientras se miraban con anhelo frente a frente. Las manos del hombre danzaron en el viento con una música imaginaria, hasta aterrizar en su piel tibia, acariciándola lentamente. Mercedes le dejó hacer mientras preguntaba con voz delgadita, semejante a un hilo de emoción contenida y densa:

–¿Así nomás?

–Así nomás –contestó él con voz profunda.

No se enamoró, y fue lo mejor, porque pasados los tres meses una tarde a inicios del invierno que parecía haberse adelantado, él llegó hasta la florería. Llevaba en un marco la única fotografía que se habían tomado la última mañana que él amaneció en su casa. Se veían resignados y tranquilos.

–Mañana me voy: vine a despedirme. Mercedes, es usted toda una mujer, gracias por lo vivido –dijo él mientras se acercaba a besarla en la mejilla y colocaba con cuidado la fotografía enmarcada sobre una mesita llena de olorosas hojas recién cortadas de los tallos.

–Buen viaje, lo echaré de menos al principio; luego lo olvidaré, hasta que vea sus ojos de nuevo... en la fotografía –añadió la mujer sonriendo con nostalgia anticipada y devolviéndole el beso.

Cuando el hombre salió, la florista lo siguió un buen rato con la mirada hasta que desapareció, pero esta vez no fue tras la cerca del panteón. Simplemente su silueta se esfumó en la lejanía de la pendiente cuesta arriba en que terminaba la calle. Mercedes metió una mano en la bolsa de su mandil, luego musitó para sí con una sonrisa plena: "Pero no se crea que me quedo así nomás", dijo, llevándose la otra mano al vientre para acariciar las espigas ahora henchidas y fértiles.

Beatriz Márquez Gutiérrez

Beatriz Márquez Gutiérrez (Ciudad Juárez, Chihuahua, 1991). Es bióloga de profesión. Trabaja como consultor ambiental. Gusta de la lectura desde primaria. Fanática de los géneros de terror, suspenso y ciencia ficción. Apasionada también por los insectos y la cultura egipcia. Pertenece al taller de creación literaria *Ctrl+Alt+Del* de José Juan Aboytia. Tomó un taller con Raquel Castro.

Perfecta

Abre los ojos, pero los cierra de inmediato al sentir la luz. Piensa en que aún es de día y quizá tendrá más tiempo de privacidad, no de paz, a pesar de estar en una *suite* del *Ambassador Hotel*. El ruido no la deja descansar. Aunque la inquietan más la soledad, el vacío, el desamor, la pérdida de un hijo... Siente dolor en casi todo su cuerpo. No puede recordar si fue al *21 Club* ni que usó anoche, quizá unos tacones muy altos o un corset. El malestar se agudiza en su cabeza, en el pecho y en los pies.

Tal vez es consecuencia de acumular sentimientos, coraje, tristeza, desesperación, miedo. Eso y más siente una mujer perfecta. No sabe para quién es perfecta si está sola y trabaja en algo que ya no le apasiona; prefiere esa casa pequeña en el campo, los niños, aire fresco y volver a sentirse querida como aquellos años en Connecticut. Pero no, está en la *Gran Manzana*, la mejor ciudad, en el mejor hotel aunque no en la mejor condición.

Llorando, se coloca de costado entre sus sábanas de seda. Con los ojos entreabiertos ve una figura casi al pie de su cama, piensa en si podrá ser un fantasma, pero después lo duda, ya que brilla y no le causa temor. Cierra de nuevo los ojos.

Se levanta, camina hacia la bañera, es pulcra y elegante; es un baño enorme, más grande que la casa en que vivía cuando era niña.

Llena la tina de agua tan caliente, que la temperatura de inmediato empaña el espejo; se sumerge, siente el calor, pero no le aflige. Sueña despierta hasta que el agua se enfría y la entume. Pero eso no es lo que la hace terminar, sino los golpes que se escuchan a su puerta. Sale de la bañera, se viste la bata blanca que el hotel tiene para ella. Abre.

Entra un séquito de mujeres que acompañan a su modista y estilista. Empiezan con el rostro, colocan crema humectante, sigue la base para ocultar los ojos hinchados y ojeras; después las sombras, delineador, labial rojo y, por último, remarcan el lunar. Le secan el cabello, dan volumen, peinan y al final colocan aceites ya que está demasiado maltratado por teñirlo.

Dos personas acercan el bulto que hacía guardia al pie de su cama: es un maniquí con un vestido que ella ha pedido personalmente al diseñador Jean-Louis Berthault. No se acordaba. Está hecho a la medida. Le queda tan ajustado que no usa lencería, se lo cosen para cerrarlo. Le calzan los tacones, colocan un abrigo blanco, todo con prisa, ya que es tarde.

Cuando terminan, no se ve al espejo; sólo agradece asintiendo con la cabeza. Salen todos de la habitación, la escoltan al elevador. Al abrirse las puertas, la estancia se llena de susurros de quienes la miran y admiran. Dicen que es lo más brillante, hermoso y perfecto que han visto.

En la calle la espera un auto lujoso y un conductor que no puede disimular su cara de asombro cuando la ve. El chofer no deja de pensar que nadie le creería a quién está sirviendo esa noche, aunque era una experiencia inolvidable está un poco desilusionado: ella no tiene la sonrisa y luz en los ojos que transmite en las películas.

Ella ve por la ventana los otros autos, edificios, personas, luces y oscuridad. Por momentos observa su reflejo en el vidrio: lo único que distingue es su abultada melena rubia, extraña sus rizos castaños.

Por fin recuerda adonde se dirige esa noche, pero aún ignora lo que debe hacer. Habrá otras cosas planeadas y tanta gente reunida. Siente calor, miedo, suda, se desespera. Hasta que tiene una idea al pensar en el protagonista del evento. No habrá discurso ni palabras tiernas, sino algo más directo y propio para la ocasión.

Identifica el *Madison Square Garden*, escucha a la multitud. Se siente nerviosa de nuevo, quiere llorar, pero recuerda al hombre, sin más ni menos cambia su semblante. Se calma, levanta la cara, respira varias veces; después de un largo suspiro, transforma ese rostro vulnerable a uno alegre, con esa sonrisa y luz en los ojos.

El auto llega al pie de la alfombra roja, abren su puerta, le tienden la mano. Miles de luces, palabras, gritos de admiración la rodean. Ella, con la sonrisa más hermosa que han visto, luce perfecta en ese vestido que parece estar desnuda, con más de dos mil quinientos cristales adheridos a su piel. Está decidida a impresionarlos. Entrega el más perdurable de los regalos.

Happy birthday, Mr. President, happy birthday to you.

Fabiola Morales Gasca

Licenciada en Informática por el Instituto Tecnológico de Puebla y egresada de la Maestría en Computación por la Benemérita Universidad Autónoma de Puebla. Egresada del Diplomado de Creación Literaria de IMACP-SOGEM. Autora de los poemarios: *Para tardes de Lluvia y de Nostalgia* (2014) y *Crónicas sobre Mar, Tierra y Aire* (BUAP, 2016); libros infantiles: *Frasquito de cuentos* y *Confeti, cuentos para niños traviesos* (BUAP); libro de minificción: *El mar a través del caracol* (El puente, 2017); *El niño al que le encantaban los colores y no le gustaban las letras* (2018). Seleccionada en diversas antologías de México, España y Paraguay. Es una lectora voraz y escritora incansable.

Desierto

Está recostada sobre el catre y cubierta por la humilde colcha azul. Ella clava la mirada en la puerta que abre el abismo de las dudas mientras los insectos se sienten tocados por la divinidad de la noche y la mayoría de las flores se esconde de la luna para regalar su aroma. Cansada, agotada de cuerpo y alma, oye el canto de los grillos apareándose. Repite eternos los detalles incansables de la vida: levantarse temprano, atender a los niños, salir a trabajar, cocinar, lavar, limpiar; inservibles horas que merman toda las ilusiones y la vida. El anochecer es un velo que se abre sólo para seguir atendiendo a los hijos que, como hormigas, devoran todo a su paso. Se siente como un insecto más, pero a diferencia de los primeros que corren libres entre las antiguas piedras de las casonas del pueblo, ella está atrapada.

La mañana la sorprende con los primeros rayos del sol sobre el cabello despeinado, atendiendo a los niños que partirán a la escuela; otra vez sin comida, otra vez sin desayunar. Muele el poco maíz que le queda y lo echa en tortillas, las hace lo más delgadas para que todos alcancen a comer. Ha terminado casi todo el quehacer de las dos humildes piezas para cuando el bebé despierta. Entre sus rodillas desnudas coloca el único alimento de ese día, el jarro de barro lleno a la mitad con atole o la mezcla de agua con maíz que pretende serlo, pero el niño más grande camina inquieto hacia ella, se lo pide y sin remedio se lo da. Aprieta más el estómago para no sentir el vacío. Ojalá apretando el alma no pudiera sentir las ausencias que pesan más que el hambre diaria.

Los cuatro niños corren con los zapatos patinados por el tiempo y el polvo del campo hacia la escuela. Ellos saben de sobra el camino hacia el centro del poblado, aun así los acompaña hasta la entrada del pueblo. Distingue siluetas de otros niños corriendo y las campanas de la pequeña iglesia tocan ya. Se siente aliviada al ver a sus hijos refugiándose en la escuela. Luego, la mujer va al río con una cubeta de ropa y otra llena de aire y canciones que desde su adolescencia ya no canta. El tiempo se ha ido tan rápido y su reflejo sobre el agua le recuerda que sus mejores años han pasado. Ha dejado caer la desgastada ropa sobre una piedra plana; con la cubeta vacía se ha llenado de sueños evaporados y recuerdos. Inerte, su ser lava. Quisiera diluirse como el agua, pero es imposible. Ha procurado no despertar al niño recostado sobre su espalda; la resolana de la mañana lo ha dormido más. Los secos pechos apenas sacian el hambre del bebé que incansable siempre llora pidiendo por más.

Retorna con sus pies descalzos el camino a casa y, mientras va, piensa que mantener a los niños con la vaca tan delgada después de la sequía, las tres gallinas viejas y el corral vacío apenas si alcanza. Si al menos no hubiera matado al borrego e invitado a tanta gente cuando llegó José, quizás otra historia se contaría. No sabe qué pasará mañana cuando las pocas fuerzas que tiene estén aniquiladas. Con sumo cuidado ha dejado al bebé durmiendo en la vieja cama; por fortuna no ha despertado y ha tendido la ropa húmeda bajo el sol impostergable del mediodía. Se ha quedado dormida sobre la mesa pensando en cómo solucionar ese mañana que amenaza con arribar pronto. La llegada de los niños la ha sorprendido, los perros han ladrado; despierta y vuelve a las faenas.

Recuerda casi con odio cómo José se fue como cordero en rebaño para esa ciudad que llaman Los Ángeles; "¿se habrá ido el diablo a vivir allí? ¿Por qué sólo regresó una vez con la promesa de volver antes del año?". Recuerda una y otra vez cuando le susurró que no se fuera, que no era cierto que se ganaran tantos dólares como le habían dicho los lejanos primos que una vez le escribieron. Ahora él ni siquiera sabe que tiene un nuevo crío entre los brazos. ¿Y si se va a alcanzarlo? ¿Quién cuidaría de los niños? Pero si se queda, ¿qué va a hacer? La mujer ya ni siquiera planea el futuro; sólo se concentra en el hambre presente que devora a sus hijos cada día. "Pobres, están tan delgados y ojerosos", suspira. Cada vez que los mira sabe que no debe postergar más la decisión: es mejor irse para el norte a alcanzar a su hombre.

—No serás la única —dice para sí. —Allá en el pueblo están Rosa, Emilia y la Regina que se fueron tras sus maridos, Dios y la Virgen de Guadalupe saben que para bien porque ya se vio que en sus pobres terrenos hay algo de progreso. Aunque las abuelas se dan la friega buena con los chamacos, al menos viven bien. Tienen dinero para echarse unos tragos en los portales.

Como una buena madre, irse es su deber. Sabe que nadie la extrañará en ese fantasmal pueblo. Cierra los ojos y una humedad de entre sus dedos se permea. Cuando José regresó le devolvió el calor olvidado entre las piernas. Ese algo que quemaba cada noche de soledad quedó suspendido con su llegada y la urgencia de sentirlo tan cerca, a pesar de tener entre ambos el desierto en medio, cedió ante su cadera. Su presencia fue un descanso para su soledad, pero le hizo explotar de llanto al saber a la semana que volvería a Los Ángeles con esa falsa promesa de regresar y de enviarle dólares. Aquel dinero nunca llegó ni para bien ni para mal... —No te vayas, no te vayas, José.

Aguantó como buena hembra el llanto cuando lo vio marcharse con el pollero, pero más no ha aguantado en estos últimos meses sin nada de cosecha. La cobija no huele a José y la milpa se echó a perder con los aguaceros.

Ahora con los niños dormidos y el cuarto sólo iluminado por el rayo de luna colado en la ventana, siente que no hay hombre que valga la pena. La única batalla que merece librar es la de enfrentarse a sus temores. No se llamaría "madre" si no buscara lo mejor para sus hijos. "Ya Elodia los cuidará", piensa aunque a ella la odie: los niños tienen su sangre y es imposible darle la espalda a la responsabilidad de cuidarlos. Elodia nunca la vio con buenos ojos por ser la mujer de su único hijo, pero sabe bien que no abandonará a los niños, no tiene de otra. No se puede asistir a misa cada domingo y dejar a la suerte a sus propios nietos.

Cuando la noche es más cerrada, la mujer, a gatas, va hasta el cajón que contiene las ollas viejas, busca a tientas el escondido rollo de dinero, más de la mitad en pesos, unos cuantos dólares y sabe lo que tiene que seguir. Ve a sus hijos y, con el dolor que anticipa la partida, sabe que lo inevitable ha llegado...

La respiración de ellos le abruma: tan profunda es la noche como su sueño y las dudas. La razón le araña el corazón, pero el hambre de cada día la arroja ya al camino desértico que desde hace meses la ha estado llamando. Con todo el mutismo del mundo, respira y abre la puerta de madera tan despacio que apenas si siente que la respiración de los niños allá dormidos cambia. Todo el silencio del mundo cae sobre la eternidad de los segundos que se deslizan al igual que la puerta que le da la libertad.

La noche se ilumina con las estrellas, pero el llanto que brota de sus ojos le impide ver más allá de unos cuantos pasos. Se aleja despacio camino al río, los guijarros se entierran en sus débiles pero persistentes pies y una vez que se sabe lejos de los ancestros cuartos de piedra y adobe, se echa a correr. Un agujero de constelaciones vacías se incrusta en el centro de su ser. Ya nada en la vida le sabrá igual. Atrás queda la respiración de sus hijos. La vida empieza hoy. Ahora va tras su propio sueño americano mientras el desierto la empieza a carcomer por dentro.

Estefanía Parra

Nací el 8 de julio de 1991. Pianista fallida, procrastinadora patológica, amante tardía de la música, lectora morosa y siempre intento de escritora; soy parte de la errática generación noventera. Egresé como Licenciada en Lenguajes Audiovisuales de la Universidad Autónoma de Nuevo León. Me paso la vida intentando dar forma a mis desvaríos y abstracciones, aunque no siempre lo logro...

La aventura de un pasajero

Ahí estaba yo, molesta, cansada; sudada. Sobrevivir cada día al metro de la ciudad es como una aventura aburrida en la que casi siempre sabes cómo va a terminar: si no es con unos jalones, es con una blusa rasgada, con la pelea de alguien más en la cara o un celular perdido; con la vaga certeza de que llegarás a tu destino; de que, por interminable que parezca, estarás a tiempo y que mañana lo volverás a tomar. No pasa de tener uno que otro escenario contemplado para un final inesperado: lluvia, marcha lenta, rutinas detenidas por huelgas, o retrasos varios por una que otra batalla.

Sin duda, hoy llevaba más prisa que nunca –la de siempre–, quería llegar antes a la oficina para elegir el mejor lugar: el que tiene persianas, aire acondicionado, buena señal inalámbrica y las sillas y escritorios más ergonómicos del lugar, o cualquier cosa que acortara el día.

La marcha lenta de los vagones hacía de los andenes un mar de gente espesa, inolvidable, mixta.

Al fin enviaron un tren vacío y como sardinas nos apilaron en las cabinas: quedé estampada en el otro extremo, junto a la puerta, de frente, como entregándome a la justicia. El peor de los males era que debía atravesar toda la línea, y a juzgar por la humedad que se olía entre los túneles –había una lluvia tremenda–, sabía que me quedaría en esa posición por más de diez estaciones.

Las luces parpadeaban de andén en andén, a veces por un viaje entero y otras por breves segund... se apagaron por completo: a oscuras y entre los vapores de gente, intenté resguardar mi bolsa para que nadie le metiera mano, pero sentí una presencia incómoda –sospechosa–; sin embargo, estábamos tan llenos y dejados a la suerte, que no pude reclamar especie alguna de atraco.

Ligado al conocido andar del metro, sentí un delicado roce en las caderas, una consistencia cálida a la altura de la espalda y la sensación de alguien aspirando mis fragancias: mi ropa, mi cabello. Pasmada, busqué alguna mirada cercana en la que pudiera refugiarme, pero ante la ceguera, opté por agudizar el resto de mis sentidos y adivinar la naturaleza de los acercamientos: un par de estaciones y creí que me había deshecho del problema...

Uno.

Dos.

Tres roces de manos entre mis piernas, dedos deslizándose suaves entre las coyunturas de la parte baja de mi cuerpo, estremeciéndome, liberando algunas lágrimas de incertidumbre y miedo.

Cuatro y cinco simulacros de beso entre mis hombros y mi cuello. Mi respiración se agitaba y sentía cómo empañaba el vidrio y mi rostro al mismo tiempo. El hormigueo en mis brazos y pecho me obligaba a emanar sonidos bajos, primero apacibles y luego turbados que permitían la saciedad de terminales nerviosas y mentales para sumarse a los toques espectrales que detallaban mi cuerpo.

Pensar en la gente que me veía, escuchaba... olía. Que habría madres, esposos e hijos a mis alrededores, que escucharían mis gemidos tenues, que sentirían la cercanía temblorosa de mis extremidades, me daba pena, me achicaba, me hacían pensar en... lo que fuera, no iba a detenerme. Estábamos varados entre un par de estaciones que para mí ya no tenían nombre.

Dos.

Tres...

Cinco. Cinco estocadas. Una tras la otra mientras una respiración se engrosaba en mi cerviz e imaginaba la humedad que reinaba mi cuerpo. Los dedos ahora salvajes, las palmas furiosas se estrechaban con la espalda baja, paseaban entre las caderas, las nalgas y la entrepierna. Sentía el ascenso de una desventura en el interior de mi muslo, un roce de telas forzado, cálido, embriagante. Nuestras respiraciones tomaban ritmos acelerados pero atentos, se acomodaron a la par de un preludio que esperaba continuar hasta el máximo cúmulo de exploraciones.

La necesidad de mi cucrpo, del suyo –de ambos–, era cada vez más evidente. El silencio del tren nos ensordecía e invitaba a la total entrega del éxtasis que nos dominaba. Con más furia, sentía la hinchazón de su miembro en mis conyunturas, en mi mente: en mis fantasías: punzadas de un hábito que no había profesado en un tiempo hacían de mi posición en el metro un momento de gloria: estaba lista, entregada, mojada: le concedí todo permiso al mantenerme callada, con la espalda arqueada y las piernas levemente separadas para que expresara agitado el último de sus alientos. Conforme su euforia apretaba lo que alcanzaba de mi cintura y mi pecho, ahogué como pude esas rabietas de gozo, escuchaba impaciente sus poco discretas evocaciones de placer y sentí los últimos galopes de su jauría de deseos.

Me encontraba ahora sudada y nerviosa. Agradecida...

Ahora que el vagón al fin se movía y de nuevo titilaban las luces experimenté el pesar de las futuras miradas, la consecuencia de mi desvergonzado trance y la necesidad de un rostro.

Pero nada.

Al encenderse las luces no había de qué ni de quién preocuparme: se abrieron las puertas y se descargó la muchedumbre; nos llenamos con nuevas pieles y no quedó más en mí que el recuerdo de una mañana atrevida, la que quise que jamás terminara; la que, sin notarlo, también se había llevado mi bolsa.

Karina Posadas Torrijos

Licenciada en Letras Latinoamericanas por parte de la Universidad Autónoma del Estado de México. Ha escrito notas y textos de creación que han sido publicados en Internet. Actualmente se dedica a la docencia en Educación Media Superior.

671-2017

Es infinitamente cobarde que te diga a través de una hoja de papel que ya no puedo verte. No eres tú, soy terriblemente yo y no hay más. Sé que de un tiempo para acá he cambiado. Tú misma me lo has dicho, no me río, no bailo, no te toco, no nada. Pero quiero que sepas que esto no es culpa tuya, acaso tampoco la mía. Al final, encontrar un culpable siempre ha sido una pérdida de tiempo. Un tapar el sol con el dedo.

Sin embargo, no puedo más, hay determinadas exigencias que ya no puedo cumplirte. Me siento repulsivo y dolido. Como si mi cuerpo fuera el de alguien más, como si me incomodara mi propia piel. No hay de otra. Tenemos que dejarnos. Sé que no vas a quedar en paz y sé que me siento obligado a darte una explicación, aunque desconozco hasta dónde pueda ser capaz de darme a entender y decir con claridad esto que me sucede.

La primera vez que me pasó, creí que había sido un mal sueño. Me desperté por la medianoche, sudando de miedo, un miedo que jamás había sentido antes. De aquello sólo recuerdo sus ojos vidriosos, mirando más allá de mí y el dolor que me atravesaba. No pude más y lo olvidé. Decidí continuar con un malestar que ya hasta se me había olvidado cómo había comenzado.

Entonces empezó cada noche. Todas las noches eran diferentes personas, siempre hombres, siempre la misma mirada de desprecio hacia mí y un dolor tan real, tan consciente, que a veces me daba miedo que efectivamente me estuviera ocurriendo aquello. Pude lidiar por un par de meses hasta que pasó lo de Karla. Sospecho la cara de desconcierto que estarás poniendo en este instante, pero te suplico que termines de leer todo esto.

¿Recuerdas el día en que ya no pudimos vernos porque no dejaba de llover? Me quedé sentado en aquel sillón de la sala. Tenía la cabeza recargada en el respaldo y cuando la enderecé lo vi. Me sonreía y yo sacudí la cabeza. Pensé que habría dormitado, así que me subí al cuarto para acomodarme mejor. En cuanto me recosté, lo vi nuevamente encima de mí. Desnudo. Lo sentía adentro y sus manos me rodeaban el cuello. El aire se me iba, trataba de respirar, trataba de quitarlo, pero sólo sentí un líquido caliente en la entrepierna. No podía moverme. Trataba y no podía. Sólo lo veía a él, de un lado a otro, hasta que me tomó entre sus brazos, me sacó de aquel lugar y oscuridad.

Escuché un motor. Sentí el frío. Sospeché entonces que seguía sin ropa. De pronto, sentí el latigazo del freno. Empecé a sentir las gotas de lluvia en mi rostro y el golpe al caer. Tierra, pasto y nada más. Entonces desperté. Me fui corriendo al baño, me tallaba el cuerpo, me cercioraba de que no tenía nada alrededor del cuello. Prendí todas las luces, el radio y la televisión y esperé que amaneciera. Y lo escuché: "Una mujer es encontrada en la carretera hacia no sé dónde. Boca abajo, sin ropa y con marcas de asfixia. Su nombre era Karla. Tenía 20 años. Su familia la había reportado como desaparecida hace dos días".

Ahí supe que había sido yo. Lo que le había pasado, me había pasado a mí.

Empecé a recorrer los periódicos de notas rojas. Nombres. Cuerpos. A todas las identificaba. Un indicio publicado me recordaba lo que había pasado. Eran ellas. ¡Todas eran yo! Comencé a llevar un diario. Anotaba todo lo que me había pasado, para encontrarlo descrito en la sección policiaca. Anoté sus nombres.

Vi sus rostros. Los cuerpos abandonados eran alguien, tenía sus últimos pensamientos. La que pensó en sus hijos al sentir el cuchillo clavado en su costado. La que pensó en sus padres, en que debió de haber salido con el otro muchacho y en el miedo. En el maldito miedo que no desaparece.

¿Te acuerdas de Ana? Tú me contaste de ella. Había tomado un taxi colectivo saliendo de la escuela y la encontraron dentro del vehículo abandonado al otro día. Ana ya sabía lo que le iba a pasar. Tuvo el presentimiento cuando se bajó una pareja y ella no quiso bajarse con ellos, porque no quería caminar sola, de noche, dos cuadras más. Al cerrarse la puerta, sintió el frío que te agobia el pecho. Él le dijo algo y ya no pudo abrir la puerta. La sujetó. Le rompió la ropa de la desesperación. Ella lloraba. ¡Y no tenía que llorar! Tenía que sentir una caricia amable. Cerrar los ojos como tú, amor, y sentirme. Sentirse a sí misma. Sonrojarse mil veces como tú. Apretar mis brazos y quedarse en la nada con mi cuerpo. Con el suyo recobrando el tiempo y el espacio. ¡Y no fue así! ¡No lo fue!

Ese día no sólo me dolía el cuerpo. Salí a desquitarme. A golpear al primer desgraciado que encontrara. Lloré todo el camino. Entonces escuché que me dijo "maricón" y salté sobre él. Unos señores me quitaron y me fui de allí, manchado de sangre como Ana. Ana tenía doce y yo no pude hacer nada...

Acabo de comenzar una nueva libreta de nombres. De hechos. Y me da miedo tocarte. Tengo miedo de que sientas una mínima parte de lo que ellas sintieron. Y no quiero. No soporto verte, porque las veo a ellas y quisiera, de verdad quisiera, que ellas pudieran seguir sintiendo, respirando, soñando, caminando, viviendo. Me gustaría que en tu vida sólo sientas la indignación, pero jamás el miedo. No el que ya sientes, sino el que yo siento.

Me pregunté tantas veces por qué, de todos los hombres, me pasa a mí. Pensé también, amor, en matarme. En terminar con esta vida que no es vida porque todos los días siento la muerte violenta. La muerte que olvida que también soy un ser humano. Pero el día que iba a hacerlo, me pasé por el velorio de Rosa, alcancé a escuchar a unas mujeres comentar lo tranquila que se veía, como si no se hubiera dado cuenta de que la habían picado y quemado y de lo "otro"; y lo comprendí. Yo estoy para ellas. Yo sufro y lloro por ellas. Cuando me empiezan a tocar, cuando me lastiman, cuando me desgarran por dentro, ellas ya se fueron y soy yo quien tomo el lugar de los últimos minutos de ese cuerpo pronto sin vida.

Amor. No puedo seguir escribiendo. Me tiemblan las manos y sé que otra mujer dará su último aliento. Únicamente quiero que sepas, que si a ti te llegaran a matar, te vayas tranquila y sin miedo, pues yo lo sentiré todo por ti. Ahora todo huele a cigarro y está oscuro...

Jessica Robles Calderón

(Tlalnepantla, 1989). Ingeniero en Sistemas Computacionales que ejerce como desarrolladora de videojuegos. Actualmente forma parte del Proyecto de Poesía y Narrativa Fantástica del Centro Cultural José Martí. En 2008 obtuvo mención honorífica por el cuento "La danza del jaguar" en el Concurso Interpolitécnico de Cuento Rafael Ramírez Heredia. En 2012 ganó el primer lugar del concurso *D.F., Visión de una ciudad utópico-apocalíptica*, organizado por Editorial Ficticia. En 2013 fue finalista del concurso "Cada loco con su tema" de Editorial Benma. Ambos cuentos fueron publicados en las antologías *Estación central tris* (2012) y *Cada loco con su tema* (2013). Con editorial Benma también ha colaborado en las antologías *Envidia* (2014) y *Soberbia* (2015). En 2017 publica *Santa niña sin cabeza y otros once cuentos* por medio de Editorial Amazon.

Ceder

—¿Gusta sentarse, señorita? ¡Órale! ¡Qué padre! Hoy en día ya nadie se levanta para darte el asiento. Igual y nada más me quiere ver las bubis desde arriba: nadie hace nada sin esperar algo a cambio. ¿O será que me veo muy gorda con esta blusa? Ha de pensar que estoy embarazada, ¡qué pendejo! Lo voy a parar de cabeza pa' que aprenda a distinguir. Aunque igual y sólo quiere ser amable, no se ve tan chavo como para ser ingenuo, ni tan viejo para ser pervertido. Ha de tener como mi edad. ¡Claro! Está soltero y ha de pensar que con ser amable ahorita ya ligó. De seguro si me siento va a empezar a hacerme la plática y hasta mi teléfono me va a pedir. Pensándolo bien, tampoco es feo, no creo que esté soltero. El muy cabrón ha de estar engañando a su novia, por eso se siente culpable y les deja el asiento a todas las mujeres con las que se topa. O ha de creer que soy material dispuesto para engañar a su novia. ¿Me habré vestido muy puta hoy? Hace frío para usar falda, pero la verdad es que me la puse para verme bonita. Y el escote... Ay, como que sí está amplio, y luego este collar que se me mete entre las chichis se ve sugerente. ¿Pero qué me pasa? Yo me puedo vestir como se me dé la rechingada gana; no tengo necesidad de pedir opinión a todo el que va pasando y menos de aceptar halagos que no busco. No me vestí puta, creo que hasta me veo decente; este cerdo es el que deforma la intención con sus atencioncitas guarras. Aunque también puede que le haya gustado genuinamente, que me haya visto bonita y que el pobre sea tan tímido que no encontró otra forma de hablarme que cediéndome el asiento. Chance y sí le doy mi teléfono. A mí me gusta Paco, pero pues ni me pela: nunca está de más tener otra velita encendida por ahí. A lo mejor hasta se baja en la misma parada que yo y nos vamos juntos. ¿Y si es el amor de mi vida? ¡Qué chido: sería como en las películas! Que todo empiece por un simple asiento de camión y pasamos toda la vida juntos. ¿Pero qué debo hacer yo? ¿Le hago la plática? No, yo creo que lo mejor será darme a desear o va a pensar que soy muy fácil o que ando urgida. Y pues no, la verdad es que no lo estoy como para hablarle al primero que me ofrece el asiento, además sería muy naco ir platicando yo sentada y él parado. Si nos pusiéramos a hablar así, él ya tendría un pretexto para irme viendo las bubis y estar muy feliz. ¡Cabrón, sucio! Todos los hombres son iguales: nada más ven chichis y se les va todo lo demás de la cabeza. ¡Ah, ya! Si me siento voy a quedar a la altura de su pito, a lo mejor aprovecha para hacerme alguna marranada. ¡Qué horror! En la siguiente parada se va a llenar el camión y va a ser su pretexto para pegárseme. ¿Qué voy a hacer si se le para junto a mi cara? Yo creo que me echo a llorar, o le pego, aprovechando que estoy a la altura. Pero con ese pantalón que trae creo que no se le notaría, ¿lo tendrá muy chico? ¡Qué decepción! El amor de mi vida no puede venir con un pito chico, a menos que lo sepa usar muy, muy bien... ¿O si de plano no se le para? Igual y no me veo tan *sexy* o excitante, pero sería muy incómodo si por alguna razón platicamos, volteo, y quedo a la altura de su *dese*. ¡Qué pena! Mejor lo dejo así, puedo evitarme un mal rato y hasta puedo platicar con él si vamos los dos parados, así ya sé si nada más me quiere coger el muy ojete o si busca algo más de mí. Eso le enseñará que las mujeres no somos débiles, que aunque traiga taconcitos puedo ir parada tal y como va él: ha de ser de esos machitos que ya se sienten muy chingones por ceder asientos, para que todos alaben lo bien educados que están y cómo les encanta ver a la mujer desde arriba. Méndigo, si bien me dice mi madre que los hombres son hombres aquí y en China: nada más ven por su propio beneficio y placer...

—¿Señorita, se va a sentar?

—Sí, muchas gracias.

Catalina Romero

(Ciudad de México, 1968). Desde muy pequeña radica en la ciudad de San Luis Potosí. Es Química Fármaco-Bióloga y Maestra en Ciencias por la Universidad Autónoma de San Luis Potosí. Ha desarrollado su actividad profesional en la investigación científica; sin embargo, dos son sus pasiones declaradas: el cine y la literatura. Ha participado en diversos talleres de creación literaria; actualmente lo hace en el Taller de Experimentación Literaria del Museo Manuel José Othón en San Luis Potosí. Su escritura se caracteriza por la riqueza de anécdotas y por un fuerte contenido autobiográfico: ¿qué escritor no es influido por su historia personal?

Pinche perro

Creyó que si utilizaba el altavoz entendería mejor esa voz de hombre, grave y retumbante, que fingía cordialidad. Y es que la perra no dejaba de ladrar con sonoridad reverberante. Las ondas sonoras rebotaban en las paredes generando una acústica digna de un templo medieval. La caniche miniatura de agudísimo timbre no soportaba ciertos sonidos. El timbre del teléfono era uno de ellos. Pero lo que más detestaba el animalito era que su dueña pusiera atención a tan molesto aparato y además se lo acercara tanto a la cara, como cuando a ella le hacía cariños. Cada vez que contestaba el teléfono era la misma serenata de ladridos de perra refunfuñante y gritos de la mujer intentando callarla, para escuchar las voces al otro lado de la bocina. Por lo general, sus ladridos se apaciguaban cuando veía que no se le hacía mucho caso, pero en ese momento, la perrita parecía saber que debía estar enojada contra ese artilugio que absorbía todas las atenciones.

–Le habla el comandante Aguilera, responsable de guardar el orden y la seguridad en esta región –le pareció entender.

–Permítame que casi no escucho. ¡Cállate ya, *Zazá*. Vete para afuera! –gritaba al animal.

La escena parecía una especie de disco rayado donde se repiten alternadamente ladridos y gritos. Entre más alzaba la voz, el animal más se encolerizaba. Ladraba cada vez con mayor fiereza, y ella gritaba cada vez más fuerte. No, era mejor sin altavoz. Pero tendría que tapar muy bien la oreja libre con un dedo.

–¡Que soy el comandante Aguile...

–*Grrr. Gua, gua, gua, guau.*

–Hable fuerte, por favor. ¡Salte, *Zazá*!

Todas las voces a un mismo tiempo. Imposible comunicarse.

–Debe saber que conocemos todos los movimientos que ocurren en su casa.

–*Gua, guau.*

–¡*Zazá*!

La mujer empezó a entender que se trataba de algo desagradable cuando distinguió que el hombre hablaba en un tono que ahora ya no intentaba ser amable.

–Mira, pendeja, en este momento quiero que vayas a...

–*Grrrr, gua, gua, gua, gua...*

–...un depósito por diez mil...

–*Gua, gua.*

–...a la cuenta número cuatro, cuatro...

–*Grrrr. Auuuu.*

El miedo fue apoderándose de ella. Mucho le habían contado acerca de la ola de secuestros que hacía tiempo asolaba a los habitantes de la ciudad. Extorsiones, abusos, hasta asesinatos. Cada vez que se enteraba de este tipo de delitos era sobre alguien que estaba un poco más cerca de su círculo básico. Rozando su entorno. Ese temor de ser el siguiente mártir siempre estaba presente, pero junto a él va también adherida una fija creencia de inmunidad. Así, ella pretendió que nunca le tocaría vivirlo y ahora que se cernía sobre ella el fantasma de la delincuencia organizada, que habían puesto los ojos en su familia, no sabía qué hacer, cómo huir de ello, cuál era la mejor manera de proceder...

El ambiente reinante era de un nerviosismo superlativo. El hombre intentando plantear su demanda, la perra ladrando tenaz y punzante, y la mujer debatiéndose en una conducta dicotómica, pendenciera con el animal, sumisa con el comandante.

Al hombre se le notaba más enojado a cada momento. Aunque no podía verlo con los ojos, la mujer lo percibía moreno, corpulento, de negro bigote y lentes oscuros –que con seguridad tendría puestos para ocultar su identidad hasta de las elucubraciones de sus escuchas–, pistola en mano y semblante encolerizado. Alcanzó a escuchar que el hombre discutía con alguien más, su compinche seguramente. Esas personas no operan de manera individual. Aunque lo sabía, la sensación de ser blanco de una multitud de maleantes la hacía sentirse más indefensa, más asustada y más alterada. Todo había llegado a un clímax: tenía que ocurrir un desenlace pronto o se volvería loca.

Así fue, en efecto. Todo terminó como empezó, de manera súbita e inesperada:

–¡Pinche perro! No deja trabajar.

Y el hombre colgó.

(Apizaco, Tlaxcala, 1970). Licenciada en Literatura Hispánica. Becaria FOECAT en 2000 y 2002 en la categoría de Jóvenes creadores. En 2002 obtiene el tercer lugar en la IV Bienal Internacional de Radio. Premio estatal de poesía "Dolores Castro" 2002, con *Los alacranes no besan* (ITC, 2003), y *Dimensión fugaz* (Tierra Adentro, 2004). Coautora en *Círculo de poesía 7* (Bianchi, Uruguay, 2006); *Dos escritores secretos: ensayos sobre Efrén Hernández y Francisco Tario* (Tierra Adentro, 2007); *La mujer rota* (Literalia, 2008); *Palomita al viento* (Amanuense, 2013) y *Sampler* (ITC/Gob. Tlax./CONACULTA, 2014). Antologada en *Ayer el futuro era hoy* (ITC, 2007) y en *Del silencio hacia la luz: Mapa poético de México. Poetas nacidos en el período 1960-1989* (Zur/Catarsis Literario 2008).

En el centro comercial

Tenían hora y media de haber llegado al centro comercial: fueron directamente al área de comida rápida, ordenaron hamburguesas con papas y refresco. Era una pareja joven con tres hijos, uno de siete años, otro de seis y el más pequeño aún no caminaba. Después de un rato, en una silla alta, sólo quedaban algunas papas que el hijo más pequeño roía para calmar sus encías, mientras los otros dos correteaban entre las mesas contiguas. Era el mes patrio, pero curiosamente ese lugar aún no estaba adornado.

Lidia, la esposa, vestía *pants* rosa con playera blanca y tenis rojos; los primeros que tomó presurosa al salir de la casa ese viernes que a Ernesto se le ocurrió "invitarlos" a ir a comer; las pantuflas azules de peluche quedaron botadas en la pequeña sala de la casa de interés social. Ahora ya estaban ahí: sus dos hijos más grandecitos hacían fiesta entre las mesas, y, tranquilamente sentados, el bebé en su silla, ella y Ernesto, su marido desde hace siete años, a quien de pronto sintió ajeno; pero no, él era un buen hombre y trabajaba muy duro para ella y sus tres hijos. En tanto, Ernesto, de 35 años, veía un punto fijo inexistente y reflexionaba cómo es que había llegado ahí, hasta ese momento: ¿Era feliz?

¿Sería feliz Lidia con él?, pensaba resignado, mientras Lidia contestaba su teléfono. Un teléfono caro que él aún estaba pagando. Él ahorraba: dejó de fumar y obligaba a que Lidia le regresara las míseras monedas que le sobraban en su monedero al terminar la semana, o lo del pasaje cuando no iba a ver a su mamá a una ciudad cercana cada quince días. Con la compra del celular, Ernesto quiso darle gusto a Lidia, a la que casi no le compraba nada, porque sí, se confesaba egoísta, él sí se compraba zapatos y ropa casi todos los meses y a ella sólo por causa de fuerza mayor; después estaban sus hijos que en la calle todo lo veían y todo lo querían, los tres crecían más rápido que las plantas en primavera y siempre necesitaban algo: zapatos, ropa, comida y era cuento de nunca acabar. Aunque podía comprar ropa de uso, de 10 o 20 pesos por pieza, terminaba gastando hasta 150 pesos cada vez. Ni modo.

La voz de Lidia lo hizo tomar conciencia del momento. Las palabras de Lidia regresaban de un túnel muy grande y, por fin, la oyó decir: "...los pañales y los mamelucos en el mercadito, pero ahí como veas. Te digo, es mi hermana, no me ha dejado todo el día", dijo sonriente mientras escribía un *WhatsApp* en la pantalla del celular. Pero, ¿por qué sonreía? ¿De veras era su hermana quien le escribía últimamente con más frecuencia? De pronto, Lidia se convertía en una extraña para él, al igual que los niños y que él mismo. ¿Quién era? ¿Qué era todo eso? ¿Así era la vida? ¿Sucesos inevitables? Su trabajo como empleado de una tienda de telas, horario corrido, media hora de comida, y hoy, como cada quince días, su jefe le pide llevar unos papeles al contador de la otra sucursal que está a unos treinta minutos al sur, a sabiendas de que el contador siempre lo hace esperar porque hace sus cálculos para cuadrar las cuentas de los reportes que Ernesto le lleva. Sin embargo, hoy lo despachó de inmediato, aduciendo que saldría y que de haber algún problema con los números, él se comunicaría con el jefe. Entonces, en lugar de morir de tedio como un ratón encerrado, en una oficina de contadores donde se le iba el resto de su turno, y de su vida, se encontró libre en las calles de aquella pequeña ciudad colonial, caminando sobre el piso húmedo por la reciente lluvia. Ernesto respiró la libertad, pero con un hambre terrible. Se le ocurrió ir por una hamburguesa sólo para él. Pero pensó en los niños y en Lidia. Encerrados. Su casa estaba cerca y la conciencia muerde muy fuerte.

Ahora Lidia, sin tomarlo en cuenta, sigue sonriendo frente al celular, ausente de todo. Ernesto piensa en el trabajo pendiente que mañana sábado le pedirá el jefe de piso quien, al saber de su carrera trunca como contador, se aprovecha. A Ernesto le toca revisar cifras y buscar errores como en una torre de Babel. Aunque, claro, el que gana más siempre es el jefe. El dolor de cabeza y las calculadoras se llevan muy bien. Aún faltan dos días para el domingo: lleno de comidas en las casas maternas y de paseos por el parque, con Lidia y con tres niños que nunca se cansan.

Las pupilas de Ernesto se dilatan al recordar a Laura, la cajera de la misma tienda donde él trabaja. Laura, quien después de ocho meses se había fijado en él, (¿o fue antes, cuando el jefe de personal los presentó y ella se quedó mirándolo unos segundos más de lo normal?). Después de tres semanas, hoy al fin, Laura aceptó su invitación para ir al cine a las ocho. Ernesto ve discretamente su reloj pulsera: son las siete. ¿Ir o no ir? Sería tan fácil ir a dejar a Lidia y a los niños a la casa, fingir una llamada del jefe y avisar que lo requieren para checar los saldos de un pedido o para buscar una factura extraviada. Apenas llegaría a tiempo al Zócalo. Frente a la iglesia, había dicho Laura, para no perderse. Lidia no dejaba de sonreír y de escribir frenéticamente; ¿cuándo terminaría? ¿Hasta cuándo seguiría soportando sus propias dudas? Si Lidia lo engañaba sería la primera vez, ¿o no? "Son siete y cuarto, ¡maldita sea!", piensa Ernesto. Lidia no se ha terminado su refresco. Lidia nunca se marcha de un lugar sin terminarse el refresco, ni cuando va al baño deja que él se lo tome: "¡No tomes de mi refresco!", le grita ella siempre. Pero un día regresa el Ave

Fénix a apagar con sus garras el fuego que le da muerte cada vez. Deleite supremo cuando Ernesto se llena de burbujas hasta las lágrimas, al tomarse el refresco de su esposa, en un momento de valor. Ante el azoro de Lidia mientras ve cómo baja el líquido naranja de su vaso de plástico, oye un: "¡Ya vámonos, niños!"; y ve desaparecer de la silla alta al bebé en brazos de su padre, al mismo tiempo que al último sorbo de refresco.

Angélica Sánchez

Nací hace veintitrés años como la última hija en una familia de cinco. Soy licenciada en Ciencias de la Tierra por la UNAM. Actualmente me desempeño en las ciencias ambientales por las tardes, y en las noches me dedico a escribir sobre todo lo perdido bajo el yugo académico. Dos claras expresiones de la resistencia a las causas perdidas que inspiran mi vida.

Lavanda

Graciela era una mujer madura, de ojos cansados pero persistentes, con un andar discreto ensombrecido por su silencio sepulcral, y una única afición: preparar té. Hacía años que había consagrado su vida al trabajo en la casa de la señora Ruiz, una mujer de ochenta y tantos años que sólo deseaba tener quien la acompañara en sus últimos días.

—Prepárame un té de lavanda, Graciela —dictaba la anciana todos los días al abrir los ojos.

Graciela llevaba años embebida en una vida de rutina de la que no se quejaba, pues atender las básicas necesidades de la señora Ruiz le daba tiempo para disfrutar de sus compras vespertinas, de leer muchas veces al día e inventar nuevos tés; pero sobre todo, la costumbre reverenciaba el talento que tenía la mujer para vivir en soledad, en silencio y calma. Alguien como Graciela, que había renunciado a una vida de casada, de trabajo en oficina, viajes y proyectos grandes, no habría podido encontrar mejor manera de esperar la muerte que viviendo de la misma forma que alguien tan cercano a ella.

Fue un día de octubre cuando a las ocho cuarenta, cuando caminaba hasta la habitación de la señora Ruiz, que algo rompió la rutina en el día de Graciela. La anciana ya había despertado, el buró seguía en su lugar, la bacinica estaba medio llena, y el jardinero llegaría pronto como cada miércoles; sin embargo, el aire había cambiado en aquella habitación. Una atmósfera inexplicablemente sofocante, pesada y saturada de humedad inundaba el cuarto. Graciela entró, sintiendo la opresión en el pecho, hasta abrir la ventana, antes de volver a la cocina para preparar el té con el que ya estaba retrasada.

–Aquí tienes –dijo a la señora Ruiz dejando la taza de té sobre la mesa de cama. La anciana lo tomó sin responder y de un solo trago, luego se recostó sobre su almohada. –¡Qué cansada estoy! ¡Qué cansada! Hazme un té de lavanda, Graciela –volvió a decir.

Su cuidadora la miró unos segundos sin saber qué pensar.

–Acabo de dártelo –le dijo, pero la señora Ruiz insistió como si no hubiera escuchado nada.

Preocupada, Graciela tomó la taza sin dejar de mirar a la mujer con desconcierto. En ese momento una gota le cayó en la mano: miró al techo y observó las manchas de humedad que comenzaban a formarse. Hasta entonces notó que el aire de afuera no entraba a la habitación; era como si diera media vuelta al ras de la ventana que acababa de abrir.

Así pasaron los siguientes días. La señora Ruiz dejó de levantarse de la cama en las tardes para limpiar su colección de fundas alemanas y platicar con el jardinero Rafael sobre sus rosas. Tomaba un té tras otro, uno más cada día, abriendo apenas los ojos. A Graciela le preocupaba la horrible transformación que su señora sufría. Su piel se colgaba terriblemente, se hacía más pálida y mucho más frágil. Sus párpados caídos casi nulificaban su visión y aunque no hablaba más que para pedir té, la bacinica de su señora aparecía cada vez más vacía. Graciela le tomó las manos e intentó platicar con ella, pero la señora Ruiz se había perdido en un sitio del que no sabía cómo recuperarla. Finalmente, llamó a un médico:

–Mi más sentido pésame, la señora Ruiz ha muerto... debería hacer algo al respecto con la humedad de esa habitación –dijo el doctor a Graciela antes de salir de la casa lamentando el suceso.

–¿Muerta? –se dijo a sí misma de regreso en el cuarto mientras miraba las goteras del techo, la cama húmeda, las cortinas que no se movían... y a la señora Ruiz sudando, babeando, pidiendo una vez más su té de lavanda.

Graciela no volvió a llamar a ningún otro doctor. Atendió día y noche a la señora, durmiendo en la mecedora de la anciana y llevando una parrilla eléctrica al pasillo por fuera del cuarto, renunciando por primera vez a su rutina intocable. "¿Muerta?" No. Su señora siempre tenía vida para un té más.

Graciela intentó leerle, moverla, hacerle su arroz favorito, cualquier cosa que creía que podría hacer feliz a la vieja mujer antes de partir; o quizá, en realidad, lo hacía con la intención de convencerse a sí misma de que no estaba muerta como decían, pero nada hacía la señora Ruiz más que pedir té una y otra vez.

Un día, Graciela despertó en la mecedora del pasillo sin poder dar ni un paso a la habitación de la señora Ruiz. El aire del cuarto hervía y el suelo estaba lleno de encharcamientos, como una sauna extrema. Había humedad goteando desde las sábanas de la cama y todas las ventanas estaban empapadas. Cualquier paso adentro tenía que regresarlo de inmediato por la sofocación tan fuerte que sufría. Se sentía desesperada; no sabía cómo era posible que su señora pudiera respirar en esa atmósfera, si es que seguía haciéndolo.

–¡Lavanda, Lavanda! –gritaba Graciela desde el umbral de la puerta donde el aire era tan fresco como todas las madrugadas.

Poco acostumbrada a la acción y luego de cientos de intentos fallidos por entrar, se sentó todo el día a tomar té con lágrimas en los ojos frente al marco de la puerta de la habitación de su señora. Para las seis de la tarde, había caído profundamente dormida entre lágrimas y desesperación y no fue hasta unos cuantos minutos antes de que el sol se ocultara, que abrió los ojos en medio de un mal sueño y rápidamente se levantó con la misma esperanza de doce horas antes de poder entrar al cuarto y ver a la señora Ruiz.

Encontró la recámara especialmente oscura a pesar de la hora, pero no pudo ponerle demasiada atención; ni a las goteras que habían disminuido, ni a la pequeñísima brisa que logró colarse por la ventana. Fueron los ojos apagados de Lavanda Ruiz quien la miraba sentada contra el respaldo de su cama los que hicieron que Graciela contuviera la respiración mientras entraba lentamente hasta un lado de la anciana.

–¿Lavanda? ¿Cómo estás?

Su señora permaneció mirándola con una sonrisa a medias en el rostro sin decir nada. Su gesto lucía totalmente demacrado, como muerto desde hacía largo tiempo.

–Mucho mejor –respondió Lavanda con una voz que no era suya y que Graciela podría haber jurado que ni siquiera había salido del interior de su garganta. –Gracias por el té, Graciela.

La inusual oscuridad de la habitación desapareció de un instante a otro. La alfombra estaba seca de nuevo y el techo dejó de gotear dejando unas marcas nacaradas de humedad que permanecieron como en el fondo de una taza. Las cortinas se movieron con el viento gélido del crepúsculo y los ojos de Lavanda Ruiz se cerraron una vez más y para siempre. Graciela no dejaba de mirarla mientras el miedo, el abandono, la tristeza y la emoción le consumían los nervios. Cuando despertó de su estupefacción dio vuelta y salió corriendo de ese lugar sin atreverse a mirar detrás a la anciana que se disolvía poco a poco con el viento del atardecer. Arrancó su suéter del perchero y cruzó el jardín que en ese momento sentía maldito en la oscuridad, igual que ella, esa casa, y su vida ahí. No volvería nunca más. Olvidó las compras, olvidó sus viejos libros y olvidó los tés.

Desde entonces pasaría años atormentada por su talento para desenmarañar a la muerte, dejando su condenada alma en su trabajo en un asilo, queriendo creer que limpiaba su conciencia con ello, intentando salvar a otros ancianos de los juegos de la muerte que espiaba en las esquinas, sin poder aceptar que en realidad trabajaba para ella; la insaciable comensal de almas que esperaba pacientemente el día en que Graciela volviera a preparar alguno de sus tés. Uno para cada uno, pero para ella, uno de Lavanda. Su favorito.

Claudia I. Solórzano

(Tijuana, 1984). Es licenciada en Lengua y Literatura de Hispanoamérica y maestra en Lenguas Modernas por la Universidad Autónoma de Baja California (UABC). Fue becaria del PECDA en la categoría Jóvenes Creadores 2008-2009 y 2012-2013. Su obra aparece en *Tijuana es su centro y Norte/Sur* (Kodama, 2011, 2013); *Tijuana en el exilio* (Revista Kathársis XXI 2013) y en *Lados B* (Nitro Press 2013). Actualmente coordina el taller literario del programa "Talentos Artísticos Valores de Baja California" del Instituto de Cultura de Baja California (ICBC) y es catedrática en la Facultad de Idiomas de la UABC.

Tierra quemada

María quema el último racimo de sauce que le queda, lo pasa sobre el cuerpo de Jacinto: tres veces por enfrente; lo voltea; tres veces por la espalda, dando cinco vueltas en cada extremidad, como le había enseñado su abuela, y su abuela a ella, hasta llegar a los primeros pobladores que pudieron asentarse en un terreno tan inhóspito. Al levantarle los pies, nota que las heridas han comenzado a supurarle, despide un olor tan fétido que ni el sauce quemado puede ocultarlo.

—Ma, ¿me voy a ir adonde no regresan? —pregunta Jacinto con la poca fuerza que le queda después de una semana de estar con fiebre.

—Tú no te vas a ningún lado, te quedas aquí conmigo, a ayudarme con la casa, a cuidar a las gallinas y a traerme flores. Así pasa con las enfermedades, m'ijo, uno se tiene que poner muy mal para después ponerse bien. Se te está saliendo el veneno por los pies, mañana ya no sentirás dolor, m'ijito, ya verás.

—¿Me cuentas la historia de la señora y el niño-escupe-fuego?

—¿Estás seguro de que quieres escuchar eso? ¿Y si tienes pesadillas? —María cubre los pies del niño con los pétalos de las flores que le trajo antes de contraer *La plaga*, se los envuelve con su rebozo y dice tres oraciones pidiendo que el dolor se vaya pronto. Corta un mechón de su cabello como sacrificio y lo lanza al fuego.

—Por favor —dice Jacinto como quien sabe que no le queda mucho tiempo y no quiere desperdiciar lo poco que le queda de vida—, cuéntamela, como cuando estaba chiquito y te asustabas cuando corría al arroyo, pero ahora hazlo para arrullarme.

—Está bien —contesta. María bebe de la jícara hasta tomar las últimas gotas, acaricia la cabeza de su hijo y comienza a contar: —Hace mucho tiempo, antes de que este sol naciera y el coyote conociera la luna, en estas tierras vivía una mujer que estando sola se embarazó. Fue con la anciana sabia de su pueblo, ésta leyó sus ojos y sus dientes: Alkutat vive en ti y vendrá a acabar con todo. La hechicera sacó a la mujer de su choza tirándola de la trenza, la arrastró hasta que todos los habitantes supieran que ella llevaba la marca del fin de los tiempos.

—¿Cómo tú, mamá? Yo soy como Alkutat, ¿verdad? —pregunta Jacinto—, por eso tenemos que vivir lejos de todos.

—Nosotros somos más peligrosos —responde María con una sonrisa—, pon atención, que si no lo cuento de corrido se me olvida. La mujer tuvo que construir una choza lejos de todo lo que conocía, se asentó por el mismo arroyo en donde a ti te gusta jugar. Ahí, aprendió a cazar y a distinguir entre los frutos que dan vida y los que la quitan. Su panza creció y creció hasta tronarle la espalda, pero eso a ella no le molestaba. De noche, Alkutat la pateaba tanto que le lastimaba las costillas; ella le cantaba para sosegar sus ánimos y comía los higos púrpuras del árbol amargo. Habían pasado doscientos cuarenta días desde su salida del pueblo cuando los dolores de parto le avisaron de la llegada de aquel ser tan temido. Cuando bajó el sol, a lo lejos logró ver las antorchas de los hombres que venían a matar a su cría. Ya sin poder moverse por las contracciones, tomó un trozo de madera para morderlo y tapar sus gritos mientras intentaba trepar el árbol amargo; éste, sabiéndola en peligro, sacó sus raíces de la tierra y como manos las usó para empujarle el vientre y sacar a Alkutat. El bebé parecía más lagarto que humano: tenía escamas azules y algo que asemejaba un pico en su cara, sus ojos eran de un verde oscuro, casi negro, que veían a su madre con el cansancio del recién nacido. El árbol amargo los invitó a morir en sus raíces protegidos del fuego de los hombres. La mujer aceptó. Para apaciguar a su hijo, le dio de su pecho para que antes de morir sofocado, tuviera algo para reconfortarle. Se metieron abrazados por entre las raíces y el árbol los cubrió guardando ahí todo el amor y sufrimiento del universo. Cuando llegaron los hombres, encontraron la choza vacía; del árbol comenzaron a salir higos dulcísimos de piel púrpura, carne verde y jugo azul, que hicieron caer en un eterno sueño a los niños de los hombres de las antorchas. Por eso tenemos prohibido ir a ese arroyo y comer esos frutos; salvo hoy, que por *La plaga*, lo que sea que tienen esos higos a ti ya no te puede hacer daño, mi vida.

María saca un higo enorme de una caja y lo despega de la tela que había usado para mantenerlo limpio, le arranca una franja y se la pasa por la boca a Jacinto sin que él diga nada.

—Es muy dulce, mamá, muy dulce, siempre quise comer del árbol amargo, que ahora no entiendo por qué le dicen amargo: creo que lo hacen para asustarnos —María acaricia el poco cabello que le queda a su hijo hasta que se queda dormido; ella muerde lo que queda del higo y se limpia el exceso de jugo con su manga. Escucha las voces de los hombres del pueblo, sabe que rodean su casa; escucha el crujir de la madera quemarse; la fruta no sirve para dar sueño eterno a los adultos. —¡Qué lástima! —piensa María al ver iluminada su choza— ¡Qué lástima que nadie sabrá de las delicias del higo de sangre azul!

Elsa D. Solórzano

Originaria de Monterrey, radicada en Chiapas. Es egresada de la Facultad de Filosofía y Letras de la UANL y doctora en Educación por la Universidad del Sur. Mención honorífica en el Premio Universitario de Novela ANAGMA 2010 con *En tierra ajena* (Casa del Libro, UANL, 2013). Primer lugar nacional con el cuento "La muñeca de Trapo" (Colectivo Mestizas/SEP/INMUJERES 2011). Participante en las antologías: *Letras para Chiapas*; *Al otro lado del sendero*; *Regalo de Navidad* y *Textiles del alma* (Asociación de Escritores y Poetas de Chiapas); *Homenaje a Octavio Paz* y *Mujeres Ejemplares* (Cajamarca, Perú); *Niños de Siria* y *Mil Almas, Mil obras* (Isla Negra, Chile) y *Universo poético de Chiapas. Itinerario del siglo XX*, CONECULTA, Chiapas, 2017.

Números romanos

El sonido del celular me despierta. Que entre el buzón: no quiero contestarle a alguien que llama el domingo a las diez de la mañana para espantarse el tedio de un día sin compañía diciéndome: "¿Qué plan para hoy?" Tengo desconectado el teléfono de casa; si es él, va a insistir preguntando si me ha pasado algo. ¡Bah! Lo único que se me ha pasado es la cantidad de tragos que bebí anoche, que me han dejado este sabor a moneda de cobre en la boca y un dolor de cabeza que no se me quitará hasta media tarde.

El celular insiste, tres llamadas perdidas, sesenta *Whatsapps* con saludos y buenos deseos que dejo sin leer. Entre los controles remotos que manejo desde mi cama busco el del estéreo. Pongo *play* al *MP3* con mi música favorita: *Summer Holiday* para empezar.

Abre la puerta de la recámara el primero de los recuerdos, se viene a instalar en mi buró, donde hay una foto en la que estoy con Melba y Dunia, mis mejores amigas; la señal de amor y paz con la mano, esbozando una sonrisa. Nos gustaba vestir iguales: las faldas de moda gitana, el cabello liso y largo, una cinta en la frente, collares de malaquita que comprábamos en Coyoacán y blusas de algodón bordadas: éramos unas bellas *hippies*.

Otra vez suena el celular: es él, el tipo con el que me curo el aburrimiento. No le puedo llamar "novio" a alguien de más de setenta años. Le respondo en *Whatsapp*: *Estoy bien*, y apago el teléfono. Le dejará claro que no quiero verlo. Salto de la cama y me pongo a bailar *Ligth up my fire* con *The Doors*. ¿Recuerdas Avándaro, Melba? La versión mexicana del *Woodstock* norteamericano, que escandalizó a medio país por culpa del gobierno echeverrista, que temía que se le fuera a salir de las manos el control de la juventud. Los que asistimos fuimos etiquetados por la prensa de drogadictos y pervertidos sexuales.

Nos divertimos mucho. Melba se alocó tanto que tuvimos que detenerla antes de que se trepara al toldo de un coche a bailar desnuda. Siempre fue un torbellino, terminó dedicándose a la Psicología clínica. Dunia era más tímida: no quiso subir a cantar con *Los Yaki*. Me canso y dejo de bailar. Con los controles abro las cortinas y enciendo el aire acondicionado. Es fin de semana y aunque hay 200 canales de televisión, no encuentro algo bueno que ver.

Comienzo a tener náuseas, voy al baño, vomito algo amarillento, me lavo los dientes y veo mis seis décadas en el espejo: el buen trabajo del *botox* y la cirugía de busto me quitan diez.

Abro la cigarrera para fumarme el primero del día, la uso para no ver las imágenes de las cajetillas que advierten contra el cáncer de pulmón o garganta. Ya sé que me voy a morir, alguno de los jinetes del apocalipsis que rondan a las mujeres de mi edad se me echará encima. El primero: el cáncer de seno, ése que a pesar de una intensa lucha, terminó por vencer a mi amiga Dunia hace un año. Usé un lazo rosa por un tiempo hasta que caí en cuenta de que soy demasiado inestable para comprometerme con alguna causa.

El segundo jinete, las enfermedades de transmisión sexual: VIH, VPH, herpes genital. Quizá existan otras más que no conozco ni quiero conocer. "El amor en los tiempos del sida o el riesgo de las parejas casuales", prevenía un artículo en una revista que leí. Desde entonces uso condón cuando tengo sexo con algún tipo. Los compro yo: así evito la excusa de *no pasa nada*. Hay un tercer jinete: las enfermedades crónico-degenerativas, como la diabetes. Ésa se llevó a mi exmarido. ¿Me puse a pensar en todo eso sólo por fumar un cigarro? ¡Estoy loca!

¡Ah, mi exmarido! Lo recuerdo tocando con la guitarra *Sounds of silence* de *Simon & Grandfunkel*. Treinta años de casados y divorcio. ¿La causa? Una chica que nació el mismo año de nuestra boda: se volvió loco por ella. Con mis amigas planteamos la hipótesis de que ellos buscan la juventud perdida; nosotras tenemos la cirugía plástica. Algunas mujeres como Dunia soportaron la traición y los aceptaron de nuevo; yo preferí el divorcio: me convenían la pensión, la casa y la libertad para dedicarme a hacer lo que quisiera.

Como *La mujer rota* de Simone de Beauvoir, abrí sin miedo la puerta de mi futuro, hasta que me di cuenta de que estar soltera de nuevo, con cuarenta y ocho años, no era nada fácil. Tuve suerte de colocarme en un empleo: me ayudaron los amigos de mis padres. El francés y el inglés que aprendí en los dos años que me mandaron a Canadá y mi afición por la fotografía también me fueron de utilidad. Fui asistente de la editora de la revista *Fashion*: aprendí bastante. Cuando la titular se retiró, me quedé con el puesto.

Mi equipo de trabajo en la revista es muy eficiente: logramos posicionarla como la mejor de México en su género. No estudié Mercadotecnia ni Diseño Gráfico; dirijo a un grupo entusiasta de jóvenes recién egresados de la universidad. Con sus *Ipads*, *Iphones*, *Blackberrys* y demás demonios tecnológicos resuelven con aplicaciones lo que mi generación hacía usando intuición, buen gusto e imaginación. Sé que terminarán por desplazarme.

Reconozco que no soy buena para la computación; aun así he podido encontrar algunos novios en Internet; tipos como mi exmarido o un poco mayores: divorciados, arrepentidos de haber dejado a sus esposas o deseosos de alguien que les cuide la vejez.

También hay chicos guapos buscando una mujer madura que los mantenga, como le ocurrió a Melba. Hay casos en los que dejan a las mujeres mayores enamoradas, para marcharse con una jovencita.

Melba escribió un libro sobre esa experiencia que se volvió *bestseller*, se llamaba *El amor en la edad madura*. Anduvo dando conferencias por todo México y la invitaron a varios programas de televisión. Al menos le sacó provecho a su dolor. Lo leí y estuve de acuerdo con ella en un punto: "las mujeres mayores de cincuenta años nos acostumbramos a tomar decisiones definitivas: todo o nada".

El portero del edifico llama a la puerta, dice que mi hijo me está localizando. Enciendo el celular y le marco antes de leer los mensajes que se han vuelto a acumular. "¿Qué ocurre? Madre, por Dios, ¿por qué no contestabas? Estaba preocupadísimo por ti, ¿no te has enterado?" Sabía que a continuación vendría una mala noticia. Me senté y apagué todos los aparatos haciéndome un lío con los controles. "Tu amiga Melba se suicidó, fue anoche, en su cabaña. Sus hijos la encontraron hoy temprano, una crisis depresiva al parecer. Te llamaron, pero no contestaste en tu casa ni en el celular". Como autómata le respondí: "Estaban apagados". Quedé en silencio. "Paso por ti en dos horas para llevarte al funeral".

Revisé el teléfono, busqué algún mensaje póstumo de Melba. Nada. Mejor, así no me dejaba con la culpa de no haberle contestado mientras estaba en un bar con mi amigo. Janice Joplin acompaña mis lágrimas. Entro a ducharme y me veo vieja por primera vez en mucho tiempo. Le temo al cuarto jinete: la depresión, las ganas de morir, la tristeza, el mal de soledad...

El tiempo de mi generación se mide en números romanos porque son enteros; no tienen fracciones. Quizá Melba no tenía un reloj digital que marcara minutos y segundos, un reloj que le permitiera dejar pasar de largo el instante en el que decidió morir. Ahora me quedaré sola, sin mis mejores amigas, deshojando un anacrónico calendario de números romanos.

Paola Tena, (México, 1980). Ha sido ponente en sesiones dedicadas a la animación así como a la lectura y divulgación del género minificcional. Imparte talleres de Escritura Creativa y elaboración de *fanzines*. Ha publicado algunos de sus microcuentos en antologías del género: *Señales mínimas* (Madrid, 2012); *Érase una vez... un microcuento* (Madrid, 2013); *Saborea la locura* (Barcelona, 2013); *Vamos al circo* (CDMX, 2017); *Las musas perpetúan lo efímero* (Lima, 2017); *Cortocircuito* (CDMX, 2018), además de contar con varias publicaciones digitales y participar de manera activa en las redes sociales. *Las pequeñas cosas* es su primer libro.

Vida de campo

"El Abuelo está loco". Lo repite Hermano cada jornada antes de acostarnos, después de haber oído sus historias. Hoy ha sido un día duro. Al desmalezar el terreno tirando de los hierbajos, casi sentía que estaba arrancándole a la tierra un esqueleto viejo que se resistía a dejarse ir, que jalaba huesos secos que se quebraban entre mis manos. Luego apilamos en un montón todos esos despojos de la vida que un día contuvieron, para que terminaran de secarse y podamos cubrir con ellos el campo y evitar así que la humedad se escape para que broten las nuevas plantas. Lo viejo alimenta y protege a lo nuevo. Una y otra vez, en un ciclo, como una rueda dentada que encaja en los engranes de otra y giran y giran, en perpetuo movimiento.

Padre, Hermano y yo aramos la tierra desnuda. Creo que debe oler a algo este polvo ocre que se levanta al caminar. Todo tiene un olor, ¿no? Pero soy incapaz de notarlo.

—Me incomoda la ropa —protesta Hermano, como todos los días; él siempre se queja de algo y aunque es el mayor de nosotros, no lo parece.

—Cuando quieras te desnudas y vienes al campo en pelotas, a ver qué te pasa —le contesta Padre muy serio.

Yo me aguanto la risa y cuando no puedo más, suelto una carcajada. Hermano me mira entrecerrando los ojos. Quizás decide que me la gané esta vez y que al volver a casa ya veremos.

Sin embargo, Hermano tiene razón: esta ropa es muy incómoda para trabajar. Pero no debo ser malagradecido; Madre se pasó horas cosiéndola para nosotros, apenas viendo la punta brillante de la aguja que entra y sale, entra y sale, una y otra vez atravesando la tela iluminada por la luz sorda de la lámpara de grasa. "¡Del cochino todo se aprovecha!", le gusta repetir a Abuela cada vez que la encendemos, y ríe su sonrisa desdentada mientras mete los dedos entre sus enormes trenzas. Abuela es así: alegre. Por eso me gusta besarle su carita de niña cuando volvemos de trabajar.

A veces casi envidio a Madre y Hermana, que no tienen que aguantar las quejas y cuidan de los animales. Hermana es concienzuda: mantiene limpio el gallinero y revisa que no haya ningún orificio... Eso sería fatal: las gallinas se morirían de inmediato. A veces deja que coman de sus manos y ríe con ellas cuando cree que nadie la ve; Hermana es dulce a su manera, pero tiene que ocultarlo. La vida en el campo es sufrida y no te deja tiempo para ternuras. "Abuelo está loco", repite Hermano, sabiendo que lo oí la primera vez, pero no puede aguantarse las ganas de lanzar aguijonazos. A veces, cuando tengo la guardia baja, me pregunto si no tendrá razón y Abuelo estará realmente loco. Relata unas historias formidables. Pero no importa qué tan fantásticas sean; lo que me preocupa es que está realmente convencido. Cree a pie juntillas lo que le cuenta a Hermanita de los animales magníficos que volaban por el cielo con plumas de colores o aquellos otros tan grandes que se les podía echar una casita sobre el lomo y transportaban gente de un lugar a otro. Los únicos animales que Hermanita conoce, que todos conocemos, son las gallinas, los cochinos y la vaca. Padre dice que no hace falta más. Y sigue labrando, labra sin descanso jalando el arado, dejando caer las semillas de maíz desde su mano llena de callos.

A Hermanita se le permiten las fantasías sólo a la hora de acostarse. Madre la educa en casa porque es pequeña y débil y salir podría hacerle mucho daño. Me da no sé qué verla concentrada, sacando la lengua, leyendo el libro, peinada de raya en medio. "Mucho cuidado con estropearlo", le repite Madre cada tarde antes de empezar. Y es que es el único que tenemos. Creo que era de Abuela. Con él se aprende de todo: cuándo cultivar el maíz, cómo ordeñar, cuál es el modo correcto de vestirse. Lo único que no enseña el libro es cómo sanar a nuestra vaca cuando está enferma.

La vaca vive en el granero, protegida. Madre se encarga de ordeñarla y no permite que nadie le ayude. Entra ella, y sólo ella, cargando las dos cacharras de leche y luego *pum*, la puerta, y *trac*, la tranca, para encerrarse en el granero y que no podamos espiarla. Por lo general, somos muy respetuosos de las órdenes que nos da Madre, pero a veces no podemos aguantar la curiosidad: un día, Hermano perforó un hoyo en la pared del granero. Hay días en que la vaca se pone enferma. Madre sale enfadada: es la única ocasión en que pierde los estribos y se deja ver así:

—¡La vaca no funciona! —grita Madre cuando entra en la casa hecha una furia.

Hermanita suelta una carcajada.

—No funciona, no funciona, no funciona —empieza a cantar como una tonta.

—Cállate, no repitas eso —le dice Hermano y ella deja de reírse, coge el libro y hace como que lee.

"Abuelo está loco", repite Hermano, por enésima vez. Estará loco, pienso yo, pero sabe curar a la vaca. Se mete en el granero cargando la caja, su caja, y algo hace dentro que la vaca da leche otra vez y muge como siempre.

—¿Es un médico, Abuelo? —le pregunto a Padre.

—Algo así —me responde, y luego se queda callado y sigue cerrando los surcos con la azada, enterrando las semillas de maíz.

Aquella vez, Hermano se ganó una zurra por curioso, pero

el agujero que hizo ahí se quedó; un día no aguanté más la curiosidad y acerqué un ojo. Vi en la semioscuridad a Abuelo, que levantaba una tapa del lomo de la vaca como si fuera una pequeña puerta; irradiaba una luz verdosa y él trajinaba dentro de ella haciendo ese ruido de *clin-clan clin-clan*. Al día siguiente, desayunamos nata untada en pan de maíz.

Hermano entra en la casa al terminar la jornada y mientras se desata las botas levanta la cara y cuando me mira dice: "Abuelo está loco". Él sabe bien que no lo oigo porque no se ha quitado el casco anti-radiación, pero le da igual. Y yo lo ignoro y sigo atento las palabras de Abuelo, contando que nuestros ancestros montaban en máquinas que surcaban el cielo, que la gente se comunicaba a larga distancia y que había una especie de magia llamada electricidad. Que cuando la gente se enfermaba bebía unos polvos especiales y se curaba sin más. Cuenta que esta tierra marrón, nuestra tierra, estaba repleta de plantas diversas; no sólo matas de maíz como ahora. Y que incluso había flores de colores brillantes. Hermanita se ríe y le dice a Abuelo que quiere una, pero ninguno de nosotros sabe muy bien qué son. Sí, pienso, puede que sea verdad. Quizás Abuelo está loco, pero sólo él sabe curar a la vaca. Lo que sea que esto signifique.

Perla Urbano Santos

Agosto de 1981, Ciudad de México (CDMX). Estudió Psicología en la Universidad Autónoma Metropolitana y actualmente estudia la licenciatura en Creación Literaria en la Universidad Autónoma de la Ciudad de México. Participó en la antología de cuentos *Cuatro vientos*, publicada por Eterno femenino y fue parte de *Voz de Tezontle, Antología de poetas jóvenes de la UACM*, de la editorial Nado Mundo, ambos en 2017; también ha colaborado en la revista virtual *Nomastique*.

La culpa

Frente a su bebé recién nacido, Carla se limpiaba las lágrimas llena de emoción. Recibió felicitaciones de sus suegros y sus padres. Su esposo le trajo un enorme arreglo floral y comenzaron a tomar muchas fotos para enmarcar luego aquel inolvidable momento. Ella eligió una foto para compartirla y escribió en sus redes sociales: "Felices con el nuevo integrante de la familia".

Carla tenía treinta años. Era una licenciada exitosa, tenía un matrimonio ejemplar y una vida envidiable. Durante años había permanecido firme a la idea de no ser madre, pero poco a poco fue cediendo a las demandas de los familiares. Si era un acontecimiento que tarde o temprano pasaría, sería mejor hacerlo cuando aún era joven y gozaba de salud.

Desde el momento en que se supo embarazada, tuvo emociones múltiples; sabía que debería sentir alegría, pero lo que sentía era miedo. Aprendió a sonreír y recibir agradecida las felicitaciones que le llegaban por todos lados. Pronto se llenó de regalos y publicaba lo feliz que estaba en la espera de su bebé. Cualquier persona que siguiera sus publicaciones personales en medios electrónicos tendría la certeza de que estaba contenta con la maternidad.

Pero el embarazo no era la etapa tan fantástica que le habían contado. Estaba harta de las repetidas náuseas, los constantes mareos, las piernas hinchadas, las noches de no dormir, el estreñimiento y los dolores de columna. Nadie antes le había hablado de eso. Hasta que lo experimentó volvió a preguntarse si eso era lo que ella quería. Conocía bien la respuesta, pero tenía que callarlo. Escribía: "Estoy esperando para mi primer ultrasonido. Muero de emoción. Más tarde subo unas fotos".

El día que dio a luz, sus lágrimas eran incontenibles: se daba cuenta de que, en efecto, todo era diferente.

Nadie percibía en el llanto de Carla el terrible arrepentimiento de convertirse en madre. Amaba a su hijo recién nacido, le conmovía inmensamente, pero si pudiera renunciar a él, lo haría sin dudarlo.

Hasta ese momento, comprendió que ella no era portadora del natural instinto maternal del que gozaban las mujeres. Algo había en su ADN que había suprimido ese sentimiento tan humano de parir y criar hijos.

Se mordió los labios y, entre sollozos, recibió a su hijo en brazos. Hizo una mueca intentando una sonrisa para la solicitada foto. Se tragó el llanto que quería brotar a torrentes por su garganta, suprimió los gritos que sus ojos revelaban y guardó para sí aquel sentimiento que la hacía sentir un monstruo: la culpa de desear con todo su corazón no ser madre. En su perfil de la red social en que compartía sus alegrías escribió: "Mi vida le pertenece a alguien más..." Y recibió cientos de *likes*.

Alaíde Ventura

Nací en Xalapa, despuecito del temblor del 85. Será por eso –porque no lo viví– que crecí sin miedo a los sismos y acabé viviendo en la Ciudad de México. Estudié Antropología en la Universidad Veracruzana y en la UNAM, aunque casi no ejerzo; me dedico a la redacción y a la traducción. Trabajé varios años para Canal Once, pero desde 2017 soy *freelance*. Lo que más me gusta es caminar por la ciudad y escuchar sus historias. Ando siempre buscando un lugar con pasto donde "pegue fuerte" el sol.

Pancho

Mamá dice que los gatos no van al cielo, que al cielo solamente van las personas. También dice que no cualquier tipo de persona: sólo las personas buenas. Eso quiere decir que el señor que mató a mi *Pancho* tampoco va a poder entrar al cielo. Seguro le cerrarán la puerta en la cara, como doña Sara cuando dan las siete y ya no quiere cortarte el pelo.

El otro día me quedé con el cambio de las tortillas. Pensé que mamá no se daría cuenta, pero sí se dio. Me regañó y me dijo que robar es pecado, que las niñas que roban se vuelven malas mujeres y que, cuando se mueren, se van al infierno. Creo que el infierno es el lugar adonde se va a ir el señor que mató a mi *Pancho*. Porque matar también es pecado, lo dice la Constitución.

Antenoche, antes de dormir, le dejé a *Pancho* su traste con leche, por si venía. Lo escondí debajo de la cama para que mamá no me regañara. Ella siempre me está diciendo que soy una cochina, que en eso me parezco a mi papá. Se la pasa tallándome la cara para quitarme los bigotes de *chocomilk*. Ya le he dicho que no son bigotes de *chocomilk*, que yo así soy: tengo bigote como si fuera niño y lo odio; en cuanto entre a la secundaria me lo voy a rasurar.

En la mañana, el traste estaba volteado. Típico de *Pancho*: bebe dos traguitos y *luego luego* a tirar el resto. ¡Ay, *Pancho*!

Nada más mojó todo el piso y tuve que secarlo con mi suéter del uniforme, porque ni modo que le pidiera a mamá una jerga. Me habría preguntado que para qué la quería y me habría regañado por regar la leche.

Al volver de la escuela me encontré al señor que mató a mi *Pancho*, sentado tan campante en la mecedora de su entrada, bebiendo cerveza. Mamá dice que está enfermo, que es obeso mórbido y que ni mi hermano ni yo deberíamos llamarlo *Señor Tinaco*. Dice que las niñas que ponen apodos, de grandes se vuelven argüenderas y nadie las quiere. También dice que a mí no me gustaría que se burlaran de mí.

Pero todo mundo se burla de mí.

Yo no inventé el apodo del *Señor Tinaco*; yo solamente lo repetí. Fueron mi hermano y su amigo Lucho, que siempre andan viendo de quién burlarse. A mí también me molestan, me dicen *Cara de foca*, por mis bigotes, y *Chocokrispis* porque soy muy morena. Cuando escuché que le decían *Señor Tinaco* al *Señor Tinaco*, al principio no quise seguirles el juego, pero la verdad es que era mucho mejor burlarnos juntos del *Señor Tinaco* que dejar que ellos se burlaran de mí.

Anoche volví a dejarle a *Pancho* su traste con agua, pero esta vez también le serví un poquito de atún. En la madrugada me despertó el peso de su cuerpo sobre mis piernas: un peso suave y tibio que me hizo sentir feliz. Estiré la mano para acariciarlo y lo sentí clarito. Era *Pancho*, mi amigo, mi gato gordinflón.

Cuando desperté, *Pancho* ya no estaba. La leche se había regado de nuevo, pero el atún seguía intacto. Se me hacía tarde para la escuela y tuve que dejar el tiradero. Afuera, el horrible *Señor Tinaco* se acomodaba en su mecedora para esperar a que llegara el periódico.

La primera vez que el *Señor Tinaco* amenazó con matar a mi *Pancho* fue cuando aparecieron cacas en su jardín. Él estaba tan seguro de que había sido *Pancho*, que vino a gritarle a mamá igual que le gritaba a su esposa. Mamá no respondió nada, pero en cuanto el Señor Tinaco se fue, me pegó una corretiza como si hubiera sido yo la que ensució el jardín, y no *Pancho*.

Yo no sé si *Pancho* se habrá confundido de casa, el muy menso, o si tan sólo paseaba por el vecindario cuando le ganaron las ganas de hacer *popó*. Le habrá parecido fácil soltarse ahí, entre los rosales recién podados. El punto es que nos metió en un gran problema a mamá y a mí y que durante varios días tuvimos que prohibirle salir al jardín.

Daba unos alaridos el pobre, que parecía que lo estábamos matando. Con el tiempo descubrió que su redondo cuerpo cabía por la ventana de la cocina y no hubo forma de impedirle la salida. El *Señor Tinaco* volvió a gritarle a mamá otras dos veces y esas otras dos veces tuve que salir corriendo porque mamá tenía cara de que me iba a aventar desde la azotea.

Mi hermano fue el que me avisó que el *Señor Tinaco* había envenenado a mi *Pancho*. Me dijo que los gatos que mueren envenenados casi no sufren; tan sólo sienten que les da un calorcito por dentro, que crece y crece y crece y luego se quedan dormidos. "El *Pancho* no ha de haber sentido nada", me dijo. Luego me jaló una de las orejas, pero suavecito, sin lastimarme.

Había días en que mi hermano era bueno conmigo, aunque nunca me dijera "te quiero" ni cosas de ese tipo. A veces me explicaba temas de la escuela o me dejaba poner las caricaturas en la *tele* o le pedía a mamá que no se desquitara conmigo y que no me gritara tan feo.

Hoy volví temprano de la escuela. El *Señor Tinaco* no estaba en su mecedora, lo que me dio mucho gusto. Me senté junto a la puerta a esperar a que mi hermano volviera de la *prepa*: los miércoles le toca futbol.

En cuanto llegó, lo primero que le dije fue que ya había descubierto que la supuesta muerte de *Pancho* había sido una broma. Él actuó como si no me hubiera escuchado y entró corriendo a buscar a mamá, que preparaba la comida. Yo fui detrás de él, gritándole que no me ignorara, que su chiste no me parecía nada gracioso.

–Se murió el *Tinaco* –dijo.

Mamá puso cara de que no le entendía:

–Que se murió el *Tinaco*, mamá: se lo está llevando la ambulancia.

Los dos me hicieron a un lado, sin verme, como si yo fuera una de esas mosquitas que te molestan a la hora de comer.

–Quítate, quítate –dijo mamá y salieron juntos por el lado de la cocina.

Intenté seguirlos, pero al abrir la puerta me encontré a *Pancho*, que se relamía los bigotes. Seguramente acababa de cazar un ratón o algún pájaro. Lo dejé encerrado y salí a ver el chisme. Cuando llegué a la casa del *Señor Tinaco* la ambulancia ya se iba y mamá y mi hermano se abrazaban, con gesto de mucha preocupación.

–Te pasaste –le dije a mi hermano. Él abrió los ojos como si acabara de despertar de un sueño.

–¿De qué hablas, *Chocokrispis?* –su cara delataba que no le interesaba mi respuesta.

–Me dijiste que el *Señor Tinaco* había matado a *Pancho* –grité llorando de enojo. Y de alegría, porque *Pancho* estaba vivo. Y de tristeza por la muerte del *Señor Tinaco*, que no era ningún asesino después de todo.

–*Pancho* se murió y lo enterramos en el guayabo –dijo mamá.

Nos miramos entre todos y ellos me contagiaron su gesto de preocupación.

Mi hermano me pellizcó el cachete y me arrastró hasta el guayabo. Señaló una montañita de tierra, parecida adonde se para el *pitcher* en el campo de béisbol.

–¡Ahí no va a estar *Pancho*! ¡Yo lo acabo de ver hace como diez minutos!

–Ha de haber sido un gato parecido –dijo mi hermano mientras tomaba la pala con las dos manos.

–¿Un gato con un lunar en el lomo y la cola chata? No creo –respondí, segura de que ganaba la discusión.

–Aquí sigue tu gato, *Chocokrispis*, bien refundido en su tumba –dijo, después de cavar un poco. Mi mamá se asomó al hoyo y asintió con una mueca de asco.

Yo quise asomarme también, pero ellos no me dejaron. Dijeron que estaba demasiado chica y que *Pancho* ya había comenzado a pudrirse. A mí se me hace que más bien me estaban ocultando algo.

En mi cuarto, el atún de *Pancho* ya no estaba; sólo quedaba el plato sucio. La leche que se había regado en el piso también parecía como si se hubiera evaporado. Ése no podía haber sido otro más que mi *Pancho*. Quién sabe por qué mamá y mi hermano ya no lo querían y me andaban diciendo esas cosas de que estaba muerto, de que estaba enterrado. Mi *Pancho*. Tan bonito. Ya no habría ningún *Señor Tinaco* que lo molestara. Podría hacerse *popó* en los rosales o en las macetas incluso. Mi *Pancho*.

Lo llamé por su nombre, en voz baja, frotándome los dedos, para que saliera de donde estaba.

Gisela Woolrich

Gisela Woolrich nació en la Ciudad de Guatemala un 5 de marzo. En 1982 obtuvo la nacionalidad mexicana y desde entonces radica en la Ciudad de México, donde nacieron sus dos hijas. Estudió fotografía profesional y trabajó varios años para la Secretaría de Pesca y el Instituto Nacional de la Pesca. Graduada de la Escuela de Escritores, y ganadora del segundo lugar en el Primer Concurso Literario Nelson Mandela, de la Revista Pretextos Literarios.

Camelia

Mi primer pensamiento es ella. Creció en mi panza.

Soy la modelo *Aria25Esc* en *DiseñaTuBebé S.A.*, la empresa que ofrece mi vientre en alquiler. Mis padres y hermanos me llaman "Rebeca".

Ella es mi hija. En cinco años he parido a cuatro bebés. Uno murió al cuarto mes de embarazo. De ninguno tengo noticias. Una nueva pareja me seleccionó para gestar a su primogénita.

Raza aria, rubia natural, ojos azules, veinticinco años, soy de las más solicitadas.

Hay mujeres para todos los presupuestos. La empresa se reserva el setenta y cinco por ciento del costo del servicio.

Me alcanza para vivir. Soy afortunada por tener un trabajo.

Antes de inseminarme debo firmar un contrato. Tengo prohibido contactar a los futuros padres. Me someto a extensos exámenes médicos para garantizar un excelente estado físico al momento de quedar preñada. La empresa se encarga de mi salud y de casi todas mis decisiones durante el período de gestación.

"Ya no necesitas sufrir incomodidades para tener a tu hijo." "¿Embarazo sin estrías ni kilos de más? En *DiseñaTuBebé S.A.* ¡Es posible!" Son algunos de los apetitosos bocadillos con que las madres ejecutivas salivan cuando el tedio acapara sus días.

Los clientes me escogen mediante una aplicación en su celular. Allí tienen acceso a un amplio catálogo de mujeres. En la empresa estudian las probables combinaciones fenotípicas del bebé para que los padres elijan el aspecto deseado y el sexo en su hijo de una manera fácil y cómoda: como si eligieran un accesorio electrónico.

Además de las características externas, se contempla el coeficiente intelectual y la predisposición a ciertas enfermedades, entre otros asuntos. Nueve meses después se entrega como fue solicitado.

"Bebé a la carta", dicho de otra forma.

Según datos estadísticos, una vez en diez mil falla el pronóstico y el bebé nace diferente a lo estipulado. ¡Uno en diez mil veces!

Me tocó a mí.

Se llamaba Camelia. Así la nombré los nueve meses que vivió en mi vientre. Era inquieta, demandante. Pateaba cuando me acercaba a la hornilla encendida de la estufa y al recostarme de lado. La música de Mozart o mi voz la tranquilizaban en cuestión de segundos.

Las instrucciones incluyen la recomendación de no involucrarse con el producto. Nunca he sabido cómo hacerlo.

Los padres se mantenían enterados de los pormenores del embarazo mediante la aplicación.

Las contracciones empezaron una semana antes de lo previsto. Me internaron de inmediato. Al poco tiempo aumentaron. Rompí la fuente, fui llevada al quirófano. Tendría oportunidad de ver a Camelia un momento mientras la limpiaban. Lo ansiaba tanto.

No salía.

De último momento se había enrollado el cordón umbilical en su frágil cuello. Al intentar salir le faltó oxígeno algunos minutos.

La sacaron por cesárea con sufrimiento fetal.

Era una flor hermosa. Como la diseñaron; como la imaginé.

Nunca lloró. El diagnóstico médico fue "ligero daño cerebral irreversible".

Los padres presenciaron el alumbramiento desde la aplicación de su celular.

De inmediato mandaron el formato de queja a la empresa por incumplimiento de contrato. El precio del paquete incluye una póliza que garantiza repetir el procedimiento sin ningún costo extra hasta obtener la total satisfacción del cliente.

Por Camelia nadie preguntó.

Una enfermera la envolvió en una pequeña cobija y la sacó del quirófano. Logré ver sus grandes ojos asustados.

Me impidieron verla y me negaron cualquier información al aducir condiciones del contrato que firmé.

DiseñaTuBebé S.A. tiene previstos estos casos. Muchas compañías de cosméticos pagan fortunas por células madre de bebés recién nacidos como materia prima en sus productos antiedad. Se consideran además para suplir la demanda de donación de órganos. Todo previsto, estipulado en el contrato y firmado por mí. Todo está ahí, menos este vacío en el centro de mi médula.

Índice

1. Sofía Alvarado Cortés
2. Diana Campos
3. Fuensanta Cué Ochoa
4. Julia Cuéllar
5. María Elena Espinosa
6. Diana Ferreyra
7. Alejandra Franco
8. Itzel Guevara del Angel
9. Aída López
10. Marcela López
11. Rosario Martínez
12. Beatriz Márquez G.
13. Fabiola Morales Gasca
14. Estefanía Parra
15. Karina Posadas Torrijos
16. Jessica Robles Calderón
17. Catalina Romero
18. Ana Edith Sánchez S.
19. Angélica Sánchez
20. Claudia I. Solórzano
21. Elsa D. Solórzano
22. Paola Tena
23. Perla Urbano Santos
24. Alaíde Ventura
25. Gisela Woolrich

Primera Antología de Escritoras Mexicanas
se terminó de imprimir el 7 de septiembre de 2018.
Edición que consta de 150 ejemplares.
Calle Florencia, Mzn. 7. Lt. 2. Casa 6.
Conjunto urbano La Toscana, Cuautitlán, México,
C.P. 54840.

www.ingramcontent.com/pod-product-compliance
Lightning Source LLC
LaVergne TN
LVHW091605170726
843492LV00007B/2263